높고 쓸쓸한 영혼
여성 작가들

숙명 같은 삶을 딛고 전설이 된 15명 여성 작가

높고 쓸쓸한 영혼
여성 작가들

김대유 지음

시간
여행

높고 쓸쓸한 영혼에 부쳐

고독과 고통이 만나면 무엇이 나올까? 물빛 그리움이 나오지 않을까?

모든 시대 모든 사람의 가슴에 깃든, 그러나 무엇보다 2등 인류로 살았던 여성들의 그리움은 무슨 빛깔이었을까? 숙명 같은 여자의 삶을 딛고 시대의 아픔과 그리움을 독하게 써 내려간 여성 작가들의 예술혼 앞에서 문득 숙연해지지 않을 사람은 아마도 없을 것이다. 나아가 차별의 금기(taboo)로 얼룩진 여성 잔혹사 속에서 한 줄기 빛이 되었던 그녀 자신들의 이야기는 여전히 꺼지지 않는 밤하늘의 별처럼 반짝인다. 그 배경과 시대정신을 들여다보는 일은 치유의 길을 여는 일이다. 언제든 그녀들을 만나는 일 또한 미래를 여는 마음의 열쇠로 각인되는 일이다.

이 책은 열다섯 꼭지의 문학 에세이로 이루어졌다. 이야기는 햇빛에 비추면 역사가 되고, 달빛에 비추면 신화가 된다. 여성 작가들의 작품은 명백한 역사다. 그러나 그녀들의 삶은 신화이자 전설이다. 15명 여성 작가의 이야기를 담는 일은 달빛에 바랜 진실을 찾는 일이다. 이 글을 쓰면서, 읽으면서, 우리 모두 그녀들의 높고 쓸쓸한 영혼을 만나기를 바랄 뿐이다.

한국의 현대문학을 대표하는 소설가 박완서는 언제든 삶의 생로병사를 저마다의 가슴으로 품게 해준 따뜻한 사람이다. 그녀의 글은 오래전 우리 생애 달빛 전설 속의 고모와 이모가 주시던 그리움을 담뿍 담아내고 있다. 삶이 지쳐서 외로울 때면 슬며시, 아무렇지도 않게 서가에 꽂힌 박완서의 작품에 손이 갔던 시절이 있었다. 그 마음을 되살려 보는 일은 가슴 훈훈한 일이 될 것이다.

미우라 아야코는 일본의 박완서가 아닐까. 아야코는 일본 현대문학의 총아로서 많은 이의 사랑을 받았다. 평생 병고에 시달렸던 그녀는 여성의 삶을 따뜻한 휴머니즘으로 접근한 소설을 주로 썼다. 대표작 「빙점(氷點)」(1964)은 도스토옙스키의 작품 「죄와 벌」(1866)처럼 고전(古典)의 반열에 올랐다.

허난설헌은 홍길동전을 쓴 허균의 누이다. 난설헌은 스승이자 조선 제일의 시인이라 불린 이달과 함께 문학에서 국제적인 지위를 누리던 당시(唐詩)를 조선에 들인 천재작가이기도 하다. 그녀는 조선의 국책인 시집살이에 희생당하여 27세에 요절하였다. 난설헌의 삶은 푸른 밤의 이야기이며 여성 탄압의 조선 잔혹사를 증언하는 역사 그 자체다.

　루 안드레아스 살로메는 성경 속 팜므파탈의 상징으로 알려진 살로메와 동명이어서인지 남자들의 특별한 눈총을 받았다. 동시에 엄청난 매력을 뿜내며 라이너 마리아 릴케, 프리드리히 니체, 지그문트 프로이트, 톨스토이 같은 위대한 작가들과 교류하며 독자적인 작품 세계를 열었다. 놀랍도록 자유로운 연애는 우리에게 초현실적인 사랑의 상상력을 갖게 하였다.

　에쿠니 가오리는 영화「냉정과 열정 사이」(2003)의 원작가로 이름이 높다. 재치있는 문장과 상상력이 넘치는 소재로 글을 버무리는 솜씨가 뛰어나다. 때마다 화제작을 써낸 덕분에 세계적으로 많은 팬을 갖고 있다. 일본 대중문화의 꽃을 피운 작가로서 한국에서도 적잖은 애독자를 확보하고 있다.

　제인 오스틴은「오만과 편견」(1813)의 작가로 유명하다. 평생

은둔의 작가로서 억압된 생활을 영위했지만, 독자들에게 따뜻한 사랑과 지성의 조화를 가르쳐 준 소설가이다. 오늘날 영미 작가 중에서 '제인 신드롬'을 일으킬 정도로 인기가 매우 높다. 짧은 생애 영원한 가치가 무엇인지를 각인시켜 준 사랑스러운 작가이다.

버지니아 울프는 영국 출신 작가다. 그녀는 현대소설의 산파이자 귀족 출신 여성이다. 집필자로서 당대에 이미 명성이 높았지만, 평생 글을 통해 가장 낮은 여성들의 눈물을 닦아 주었다. 페미니즘 소설가로서 한국의 근대 작가들에게 끼친 영향도 적지 않다.

요시모토 바나나는 일본 젊은이들의 아픈 꿈을 치유하고자 몸부림친 잔혹 동화 작가로 알려져 있다. 붉은 정열의 꽃이라는 꽃말을 지닌 바나나꽃을 좋아하여 바나나로 개명한 요시모토는 '일본다움'의 틀을 벗어나고자 이름도 바꿨다. 동화 같기도 하고 에세이 같기도 한 그녀의 재치 넘치는 작품은 가벼운 마음으로 읽기 좋은 특징을 갖고 있다.

에밀리 디킨슨은 모더니즘 시 세계를 연 천재작가다. 평생 흰 옷만 입은 여인으로 세간에 알려진 그녀의 편벽된 삶 속에는 이루지 못한 사랑의 정열이 뜨겁게 숨어 있다. 수천 통에 달하는 그녀의 편지는 그 자체가 뛰어난 문학세계로 인정받고 있다.

우리의 자랑스러운 위대한 작가 박경리는 장편소설「토지」
(1969~1994)로 한국의 현대문학을 업그레이드하였다. 평생 펄 벅
의「대지」(1931) 등에 비견되는 것을 싫어했던 그녀의 작품세계는
여러 외국어로 번역되었고, 마침내 국제사회에 한국문학의 위
대성을 입증받았다. 박경리는 황석영, 조정래, 최명희 등과 함께
장편소설의 꽃을 피운 세기적 작가로 독자들에게 각인되었다.

실비아 플라스는 스스로 페미니즘의 순교자가 된 맹렬한 작가
이다. 새파랗게 젊은 나이에 충격적인 죽음을 선택한 실비아 플
라스는 짧은 생애 긴 여운을 남긴 작가다. 방대한 분량의 일기,
「실비아 플라스의 일기」(1950~1962)를 읽는 일은 눈물겨운 일이
다. 발랄한 십 대부터 충만한 이십 대에 이르기까지 숨 가쁘게 전
개된 일기 글을 읽다 보면 어느새 타임머신을 탄다.

시오노 나나미는「로마인 이야기」(1992) 시리즈로 널리 알려진
역사 소설가이다. 특이하게도 일본다움으로 로마사를 재조명하
여 매우 성공한 경우이다. 한때 우리나라 대학생들이 역사 수업
에서 교수들에게 그녀의 작품을 내밀며 시비를 걸 만큼 많이 읽

힌 책이기도 하다. 역사 날조에 대한 비난과 욕이 끊이지 않았던 문제작가 시오노 나나미를 탐구해 보는 일은 흥미롭지만 곤혹스러운 일이기도 하다.

시몬느 드 보부아르는 「제2의 성」(1949)으로 알려진 작가이다. 세계적으로 페미니즘 논쟁을 불러일으킨 지식인이기도 하다. 두 권의 시리즈 제2의 성을 쓰면서 활발한 활동을 전개하여 페미니즘의 어머니로 등극하였다. 스스로 현대철학자 사르트르와 계약 결혼을 맺을 정도로 파격적인 삶을 살아냈다.

2024 노벨문학상 수상자 한강은 「소년이 온다」(2014), 「채식주의자」(2007) 등 문제작을 통해 노벨상을 획득하였다. 그녀의 작품들은 인간이 비극을 만들어 내고 그 속에 놓이면서도 어떻게 동시에 비극 저편의 정의와 사랑을 직시할 수 있는지를 파고들었다. 감정의 기복을 따라 색채가 넘실거리는 듯한 한강의 작품은 노벨상 심사위원들의 눈에 '경이로움'으로 비쳤다. 두말할 나위가 없다.

1990년대를 지나며 많은 독자에게 현실적인 삶의 고민을 공유하게 만든 신경숙의 작품성은 좋은 평가를 받았다. 이후 표절 시비로 그녀의 작품은 평가절하되었지만 질박하고 깊은 사유가 담긴 작품들로 한국의 현대소설 대중화에 기여했다.

    인생은 읽기(reading)에서 시작하여 쓰기(writing)로 완성된다. 그녀들의 리딩은 혼자가 아니었다. 부모와 가족, 친구와 동료, 대학과 문단, 지성과 이데올로기, 사랑과 이별, 고독에 물든 그리움에 이르기까지…. 벅찬 리딩의 떨림은 큰 울림의 라이팅으로 이어졌다.

    그렇다. 집필 내내 우물처럼 깊은 시선으로 영혼의 대화를 나눠주신 열다섯 분 여성 작가님들의 마음이 느껴졌다. 오직 그녀들에게 경의를 표한다.

2025년 3월

著者 김대유(金大猷) 올림

차 례

계절은 아름답게 돌아오지만,
밝고 즐거운 날들은
조금 슬프게 지나간다.

－에쿠니 가오리, 호텔 선인장에서

01 박완서, 그 가슴 푸근한 사람

언제든 삶의 생로병사를
저마다의 가슴으로 품게 해준 따뜻한 사람

그냥 읽거나, 읽다가 그만 읽어도 좋을

박완서(1931~2011)를 떠올리는 일은 새삼스럽다. 열정의 샘물이 바닥을 보이고 자극적인 상상력이 멈출 때, 언제든 아무렇지도 않게 서가의 그 자리에 꽂혀 있는 그녀의 작품에 손이 갔던 것은, 나만 그랬던 것일까? 박완서 작가는 「해리포터」(2001)를 쓴 조앤 k. 롤링(1965)처럼 빛나는 사람도 아니고, 가슴 떨리는 연작을 선보인 「반지의 제왕」(1954)을 집필한 J.R.R.톨킨(1892~1973)처럼 웅장하지도 않을뿐더러, 「채식주의자」(2007)의 작가 한강(1970)처럼 돋보이는 것도 아니다. 다만, 나의 뇌리에 박힌 박완서의 이미지는 언제나 '말할 수 없는 위로' 그 자체였다. 배신과 절망으로 얼룩져 세상 살기 싫을 때 나는 어느새 그녀의 책을 꺼내 들었다. 아무 때나 '그냥 읽으면' 되는 책이었고, 언제든 '읽다가 그만 읽어도' 좋은 책들이었다.

"요즘 나는 박완서의 작품을 읽고 있어."
"그 책에서 번쩍하는 영감을 얻었어."

그녀의 책을 읽으며 그렇게 말하지 않을 수 있어서 참 좋았다. 한국 문단에서 박완서의 자리는 알 듯 모르듯 하다. 겉으로는 그녀의 작품이 교과서에 실릴 만큼 대한민국을 대표하는 현대 소설가라고 추켜세우지만, 비평가들이 딱히 문학사조의 중요한 일원으로 그녀의 작품을 규정하는 평론은 좀 인색해 보인다. 소설가로서 '가족'을 소재로 한 주변 잡기식의 글 묶음으로 일관했다는 비난은 그녀를 평생 따라다니는 '꼬리표'였다.

「별들의 고향」(1973), 「불새」(1979) 등 명작을 남긴 작가 최인호(1945~2013)도 월간 샘터에 장기간 「가족」 시리즈(1975)를 연재하면서 가족을 팔아먹는 작가로 매도하기도 했다. 이순신 장군을 주제로 쓴 「칼의 노래」(2002), 병자호란을 생중계하듯이 쓴 「남한산성」(2007), 안중근의 쓸쓸한 투쟁을 그린 「하얼빈」(2022) 등 문제작을 남긴 작가 김훈(1948) 역시 소설을 기사처럼 쓰는 소설가로 가끔 평가절하되기도 한다. 속 좁은 문단의 고질병이다. 그러나 나는 그들이 좋다. 그분들의 작품에는 진솔한 인간의 땀 냄새와 과장되지 않은 역사의 흔적이 묻어난다.

박완서의 작품들은 이미자의 노래에 배인 모성애처럼 작품 전반에 걸쳐 유교적인 가부장제를 비판하는 페미니즘 성격이 담겨있다. 그러나 여성 페미들은 그녀를 페미니스트로 인정하지 않는 경향이 있다. 그 점에서 나는 그녀들의 입장과 거리가 있다. 다만, 무엇보다 박완서를 페미 논쟁에 끌어들이는 일은 무용(無用)한 일이라고 생각한다. 지나간 일이지만 박완서는 광우병 규탄 촛불시위(2008)에서 정부와 시위대 모두를 싸잡아 비난했다가 진보와 보수 양쪽으로부터 비난을 받았다. 사망 1년 전, 천안함 침몰(2010)에 대한 의혹은 정부의 설명이 미흡한 탓이라고 발언했다가 임종 길이 시끄러워졌다. 평생 그런 말을 하지 않았던 그녀가 왜 하필이면 이명박 공안 정권 국면에서 어울리지도 않을 말을 했을까? 그 무렵 많은 문화예술인이 국정원의 정치공작에 희생되고 동원되었다. 문학이 정치를 만나면 곧잘 오염되는 법이다. 상상컨대 아마도 그 탓이 아니었을까? 슬프고 화나는 일이다.

어쨌든 박완서의 글을 읽을 때면 마음이 편안해진다. 약간의 슬픔과 연민이 느껴지고 슬며시 웃음이 나온다. 돌아가신 어머니와 손주에게 헌신적이었던 내 할머니의 사랑이 저만치 손을 흔드는 것 같다. 그래서 좋다.

못 가본 길이 더 아름답다

박완서는 1931년 경기도 개풍군 박적골에서 태어났다. 그녀가 3세일 때 아버지는 맹장염을 앓다가 현대의학을 부정하여 병원 치료를 못 받게 한 조부 탓에 복막염으로 사망했다. 훗날 그녀가 유교의 고루한 가부장제에 대하여 반감을 보이게 된 원인이라고 사람들은 말한다. 다행히 어머니의 교육열로 경성에 유학하여 숙명여중·고(경성), 호수돈여고(개성), 서울대 국문과(1950년 입학, 중퇴)에 다녔다. 당시 문학소녀의 감수성을 갖게 된 계기로 중학교 때 절친한 친구로 만난 한말숙(소설가, 1931)과 고교 때 국어 선생이자 소설가인 박노갑의 영향을 꼽기도 하는데 본인은 딱히 그렇다고 인정한 바가 없으니, 알 길은 없다.

사실, 그녀가 소설을 쓰게 된 직접적인 동기(Motive)는 〈노변의 행상〉을 그린 화가 박수근(1914~1965) 때문이었다. 박완서의 작품 「나목(裸木)」(1970)에 나오는 주인공 '화가 옥희도'와 그녀의 자전적 소설 「그 산이 정말 거기 있을까」(1995)에 등장하는 미군 PX의 화가 박수근이 바로 그이다.

박수근은 처음에 주로 회백색의 질감과 단순화된 선과 구도를 지닌 그림을 그렸고, 40대에 이르러 국전 추천 작가 시절의 전성기에는 대상이 뚜렷하고 독특한 질감의 표현방식으로 독자적인 조형성을 이룬 유명 화가였다. 그는 당시 지식인 사이에 유행하던 일본 유학을 못 한 평범한 화가 지망생이었다. 그러나 18세에 오늘날의 국전에 해당하는 조선 미술 전람회에 《봄이 오다》라는 제목의 그림으로 입선(1932)하여 화가로 등단했다.

젊은 시절 돈이 없어서 모델을 쓸 수 없었던 그는 주로 아내 김복순을 모델로 인물화를 그렸다. 6.25 전쟁을 겪으며 입에 풀칠하기에 바빴던 박수근은 가족을 부양하기 위해 미8군 PX에서 초상화를 그렸다. 잠시 벌어들인 달러로 서울 종로구 창신동 골목에 조촐한 가옥을 사들였다. 지난 늦봄에 나는 그가 살았던, 어쩌면 가장 행복한 시절이었을지도 모를 그 옛집을 찾았다. 지금은 다른 가옥이 들어선 집터만 남았고, 주변은 순댓국집 등으로 혼잡한 골목이 되어 있었다. 예나 지금이나 예술가의 삶과 세월은 무상하기만 하다.

그는 열심히 그렸지만, 미술대학의 교수들이 판치는 국내 화단에서 주목을 받지 못하였다. 그림도 팔리지 않았다. 여전히 가난한 그에게 전후(戰後) 그림으로 인연을 맺었던 미군들의 입소문으로 미국의 미술 애호가들이 찾아들기 시작했다. 1950년대 후반부터 주한 미국 대사관의 그레고리 헨더슨 부인, 캘리포니아의 마거릿 밀러 여사 등이 그림을 사주기 시작했다. 마침내 그들의 도움으로 1958년 뉴욕 월드하우스 갤러리에 〈모자(帽子)〉, 〈노상(路商)〉, 〈풍경(風景)〉이 전시되어 국제적인 명성을 얻기도 했다. 그러나 평생 부유하지 못하고 꼿꼿하기만 했던 그는 51세에 과음으로 인한 각종 질병에 시달리다가 타계했다.

2022년 1월 폭설이 내리던 날 나는 덕수궁 현대미술관에서 열린 박수근 화백 그림 전시회《봄을 기다리는 裸木》을 관람했다. 그의 토속적인 그림 속에는 나목과 팽이 치는 아이들, 모자, 낡은 마루에 앉아 맑게 웃는 가족들의 모습 등이 담겨있었다. 전시장의 한 코너에 박수근과 박완서의 인연이 소개되어 있었다. 나는 그림들 앞에서 '화가 박수근'의 고단한 예술세계를 생각했다. 그리고 못내 그를 통해 '가보지 못한 아름다운 길'을 상상하며 첫 등단의 장편소설 나목(裸木)을 집필했을 젊은 박완서를 생각했다. 그 인연들이 애틋하기만 하다.

박완서가 박수근을 만나던 그 무렵, 서울대를 중퇴한 20대의 그녀는 소녀 가장으로 어머니를 비롯한 가족을 먹여 살리기 위해 신세계백화점 본점에 들어선 미8군 PX의 초상화 코너에서 회계경리 일을 보았다. 그녀는 거기에서 박수근의 그림을 판매하는 일을 맡았다. 박완서는 한동안 그곳에서 일하다가 옆 건물인 동화백화점에 근무하는 측량기사 호영진과 중매결혼(1953)을 하게 되지만, 어쩌면 사회생활의 첫 만남으로 예술가 박수근을 만났으니 어찌 설렘이 없었겠는가 싶다. 박완서는 박수근을 주인공으로 설정한 1970년 여성동아의 장편소설 공모 당선작 나목으로 문단에 등단하게 되었다. 당선 소감에서 그녀는 박수근에 대해 거리를 두었다.

"박수근, 난 그에 대해 잘 몰라, 그냥 가끔 차 마시며 이런저런 이야기를 나누었지."

박수근에 대한 그녀의 해명은 어설프기만 해서 절로 웃음이 나온다. '잘 모르는 그'를 주인공으로 삼아 등단하고, 일생일대의 인생 전환을 했으면서 그를 잘 모른단다. 그러면서도 애가 탔는지 한마디를 보탰다.

"박수근은 어엿한 화가인데 그렇게 우중충한 PX에 앉아서 초상화나 그리니 얼마나 모욕적이었을까."

그녀는 분명히 그 시절 그의 처지를 안타까워했다. 애틋함이 묻어나는 말이다. 박완서는 1968년, 타계한 박수근의 유작전을 보면서 그의 삶을 세상에 알려야겠다는 일념을 갖게 되었다. 그래서 39세 늦은 나이에 여성동아에 그를 주제로 한 소설을 써서 당선된 것이었다.

나는 젊은 시절 두 사람 사이에 어떤 일화가 있었는지 모른다. 다만 오래전 돌아가신 박 작가 또래의 내 고모님이나 이모님들이 이루어지지 못한 자신의 풋사랑에 대해 그런 식으로 에둘러 얘기하시던 풍경이 떠올라 잠시 웃음이 나왔다. 오해가 없기를 바란다.

정말 뼈 때리게 간절히 글을 쓰고 싶었던 박완서는 박수근을 주인공으로 하여 쓴 소설 나목을 통해 세상에 나왔다. 한 번도 습작이라고는 해본 적이 없던 그녀의 문학적 승리였다. 세상 모든 길은 사람을 통해 나 있다는 말을 실감한다. 박완서는 박수근의 길을 따라 문인의 길로 들어섰다.

그녀는 우중충한 미8군 PX의 어둠을 응시했고, 그 그늘 속에 갇힌 예술가의 혼을 가엾게 여겼으며, 그 설렘의 길을 통해 '가보지 못한 길의 아름다움'을 직시했다. 그 시작은 가슴 떨리는 인연, 즉 '가보지 못한 길'로 시작되었음을 생각하니, 세상 모든 인연 중에 아무렇지 않은 것은 하나도 없는 법이지 싶다. 박수근은 박완서의 '가보지 못한 첫길'이었고, 그녀는 못 가본 그 길을 따라 아름다운 세계로 들어섰다.

그 많던 싱아는 누가 먹었을까?

박완서는 등단 이후 다작(多作)을 했다. 6.25 전쟁의 상흔과 사람들의 피폐한 일상을 그린 「나목」(1970)을 필두로 하여 「목마른 계절」(1972), 평범하지만 고달픈 서민의 삶의 모습을 그린 「도시의 흉년」(1975), 「휘청거리는 오후」(1976), 여성들의 불평등한 억압의 시간을 담아낸 「살아있는 날의 시작」(1980), 「그대 아직도 꿈꾸고 있는가?」(1989), 친일파의 자손과 독립투사의 문제를 다룬 「오만과 몽상」(1982), 실감 나는 자전적 소설 「그 많던 싱아는 누가 다 먹었을까」(1992), 「그 산이 정말 거기 있었을까」(1995)를 펴냈다.

박완서는 남성 중심의 한국 현대문학사에서 여성의 자리를 옹골차게 마련한 공로가 있다. 자전적이고 체험적인 그녀의 글은 「길은 여기에」(1973)의 일본 여류작가 미우라 아야코(1922~1999)의 문체를 많이 닮아있다. '수필형 소설'이라는 장르를 연 소설가라는 공통점도 작용한다. 박완서의 문학은 일제 강점기를 거쳐 6.25를 전후하여 형성된 민중의 슬픈 자화상을 그려내고 있다. 그녀의 글에는 곡선의 애증이 올올이 맺혀있다. 직선의 문체를 사용한 이후의 후배 작가들과 다른 '아줌마다운' 정겨움이 묻어난다. 박완서는 상복도 많았다. 한국문학 작가상(1980), 이상문학상(1981), 현대문학상(1993), 동인문학상(1993), 대상문학상(1997), 만해문학상(1999), 황순원 문학상(2001) 등을 수상했다.

작품 「그 많던 싱아는 누가 다 먹었을까」에는 그녀의 젊은 날의 풍경이 담겨 있다. 일제 강점기 개성에 살던 박완서는 일곱 살에 엄마 손에 이끌려 서울로 온다. 오빠를 비롯한 가족들은 먹고살기에 바빴고 어린 완서는 집에 홀로 남겨져 책 속에 파묻히게 된다. 지독한 독서편력으로 인해 문학소녀의 꿈을 키우던 그녀는 서울대 문리대에 합격했지만, 이듬해 1950년 6.25를 맞이한다. 피난조차 가지 못한 완서는 좌익에 의용군으로 입대한 오빠의 영향으로 인민위원회에 불려 다니며 협력을 강요받는다. 그러다가 만신창이가 되어 의용군을 탈출한 오빠가 현저동 집에 은거하였고, 그녀는 전쟁통에 생활고를 겪으며 가족을 부양해야 했다.

초등학교 시절부터 학창시절, 청춘의 나날을 지나며 대학을 중퇴하고, 미군 PX에 경리로 나가 돈을 벌면서 겪었던 세상사를 수필 형식으로 시시콜콜 써 내려간 작품이 「그 많던 싱아는 누가 다 먹었을까」이다.

싱아는 마디풀과에 속하는 여러해살이 식물이다. 수억 혹은 시엉이라 불리는데 줄기의 껍질을 벗겨 속살을 씹으면 시고 단 맛이 돌아 배고픈 아이들이 놀면서 간식으로 먹었다. 나도 어린 시절 동생들과 함께 싱아를 찾아 씹던 추억이 있다. 우리 민족이 6.25 전쟁을 전후하여 겪었던 온갖 고난의 역사는 잊히고 사라진 싱아처럼 역사 속에서만 존재한다.

또 다른 작품 「그 산이 정말 거기 있을까」는 「그 많던 싱아는 누가 다 먹었을까」의 후속작이다. 여러 소설이나 수필에 반복적으로 가족 이야기가 언급되었다. … 며칠째 수제비만 먹다가 마침내 올캐를 따라 몸뻬를 입고 보급 투쟁을 나서야 했던 그녀. 보급투쟁은 몰래 빈집을 털어서 먹을 것을 구하는 행위지만 성공하지 못 하여 헤매는 모습이 그려져 있다. 총기 오발 사고로 죽은 오빠를 비롯하여 전쟁통에 죽은 가족들과 일가친척들의 이야기,

주변 이웃들의 비참한 사연이 담겨있다.

　이후 나온 소설과 수필에는 우습지만 따뜻한 일화도 적지 않게 소개되고 있다. 융통성이라고는 눈곱만큼도 없는 남편 흉이 있고, 세상 잘난 체하지만, 단골 가게에 10여 년을 속아서 식품을 구매한 시어머니 이야기가 실감 나게 묘사되어 있다.

　"융통성이 없고 재미가 하나도 없는 남편이지만 쌀과 연탄을 한 번도 빠트린 적이 없었어."
　"시어머니는 똑똑한 며느리의 셈법으로 인해 자신의 단골 가게를 잃고 기가 죽었다. 약간 속는 줄 알면서도 10년을 한결같이 자기 가게처럼 여기며 며느리에게 권위를 행사하던…."

　남편 흉을 보다가도 마지막 말은 언제나 식구들의 생계를 책임졌던 남편을 추어올리는 것으로 끝맺음 한 그녀, 시어머니의 단골 가게보다 더 싸게 파는 상점으로 갈아타서 우쭐했지만, 제때 제 물건을 공급하는 데 어려움을 겪으면서 '시어머니의 단골 가게'에 대한 의미를 재해석한 대목에서 박완서는 영락없이 '정겹고 푼수 끼' 있는 이 땅의 평범한 여인네였다.

　이를 두고 나의 어떤 페미 친구는 "가부장제를 비판하면서도 정작 본인은 그 혜택을 기꺼워하는 속물"이라며 비난했다. 그런

데 내가 왜 그런 박완서의 넋두리 같은 말투와 심경을 편안해하고 좋아했을까? 왜 그녀의 글을 읽으면 정말 속 깊이 위로가 되었을까?

강담사(講談師) 박완서, 이야기꾼 유정순

내가 자란 충남 연기의 청라리는 여우가 우는 산골이었다. 할아버지 한 분과 할머니 두 분, 백부 내외의 가족들이 함께 기거하는 대가족이었다. 아버지 형제 중 막내였던 내 아버지는 가족구조에서 발언권이 없는 천덕꾸러기였다. 나는 장남으로 태어났지만, 엄마의 젖도 제대로 얻어먹지 못했다. 석 달 간격으로 태어난 동년배 사촌 사내애의 먹성이 하이에나 같아서 입 짧은 나는 엄마의 젖을 빼앗겼다. 너무나 몸이 약하여 죽을까 봐 내 할머니(내 친할머니 유정순 여사는 할아버지의 '정실'이었다)는 내게 몰방했고, 할머니가 먹여주는 미음으로 생명을 유지했다.

내 유년의 기억에는 엄마 대신 오롯이 할머니만 자리하고 있다. 할머니는 24시간 어린 나를 끼고 살았다. 나는 할머니에게 안기고 업혔으며, 밑으로 3명 동생을 떼어놓고 혼자 할머니 젖을 만지며 잠이 들었다. 지금도 만약 내가 죽어 가장 먼저 만나는 영혼이 있다면 조금도 의심할 여지 없이 할머니일 것이다.

내 할머니는 우리 고을의 강담사(講談師)였다. 조선 말기에 마을을 순회하며 용돈을 받고 소설을 읽어주는 직업적인 강담사가 존재했다. 내 할머니는 진사님 딸이었고(소문이 그렇다. 진위는 알 수 없다) 동네에서 거의 유일하게 한문과 한글을 깨친 여성이었다. 별이 뜨는 밤이면 우리 집 마당에는 넓은 멍석이 펼쳐지고, 손에 옥수수 한 자루라도 들고 오시는 동네의 어르신들로 법석였다. 나는 할머니 무릎을 베고 누워 밤하늘의 별을 바라보면서 할머니가 낭독하는 '임경업전', '류충렬전', '춘향전', '서유기'를 들었다. 매번 똑같은 구절에서 할머니들은 똑같은 탄성을 지르며 울고 웃었다. 할머니의 낡은 치마 냄새와 이야기꾼이 되어 소설을 읽는 장면…. 눈을 감으면 선하다.

박완서는 전문적인 이야기꾼이며 시대의 강담사다. 그녀의 소설과 수필에는 '곡선의 이야기'가 넘실댄다. 그 물결에는 이미자의 동백 아가씨와 최인호의 별들의 고향이 실려있고, 전쟁 통에 죽은 내 고모부의 넋과 월남전에서 고엽제로 상처를 입어 일찍 돌아가신 해병대 중대장 김동운 당숙의 아픔이 서려 있다. 나는 박완서의 글을 읽었던 것이 아니고 귀로 듣고 마음으로 적셨다.

그녀의 글은 내 고모할머니, 이모님, 당숙모들의 눈물과 그 눈물 속에서도 '아니 놀지는 못하리라'를 부른 해학의 웃음 그 자체를 선물했다. 박완서는 마취과 의사였던 막내아들을 주검으로 떠나보내며 신을 저주했지만, 김수환 추기경과 이해인 수녀의 위로를 받고 아픈 마음을 감내했다. 박완서가 아들을 보내고 쓴 글「한 말씀만 하소서」(2014)에는 자식을 잃은 어미의 통곡이 기록되어 있다. 슬픔이 수면 위로 떠 오르면 분노가 되고, 분노가 멈춘 곳에서 다시 신을 만나는 것은 어쩔 수 없는 인간의 숙명이다. 그 평범함의 슬픔과 분노, 다시금 애달픈 운명을 담아낸 내 할머니 같은 박완서, 그녀의 마지막 말로 부족한 글을 맺음한다.

"주님, 저에게 다시 이 세상을 사랑할 수 있는 능력을 주셔서 감사합니다."

02 빙점(氷点)의 미우라 아야코

일본의 박완서, 일본 현대문학의 총아,
여성의 삶을 따뜻한 휴머니즘으로 접근한 소설가

문학의 젖줄 노벨문학상

큰 상이란 때에 따라서 다른 세상으로 나아가기 위한 다리 (bridge)가 될 수 있다. 한국 영화가 세계적으로 널리 알려진 계기는 국제영화제 수상 경력 때문이었다. 영화 기생충이 아카데미상을 받으면서 한국 영화의 세계시장 진출은 호조를 띠었다. BTS가 빌보드차트를 석권하면서 K팝의 한국문화는 세계적 관심의 대상이 되었다.

한국의 민주주의가 중국과 일본을 뛰어넘어 지구촌에 알려진 것 역시 김대중 대통령의 노벨 평화상 수상 덕분이었다. 역시 한국문학을 세계에 알리게 된 분기점은 작가 한강의 2024 노벨문학상 수상이었다. 상이란 개인적인 범위를 넘어 일정한 영향력의 범주를 갖게 마련이다. 또한, 의미 있는 상일수록 의미 있는 동기와 과정이 수반되기도 한다. 한국의 영화인들은 충무로 바닥에서 오랜 기간 고군분투했다. 그 노력은 칸 영화제와 베를린 영화제, 아카데미상 수상으로 이어졌다.

이 같은 맥락에서 살펴보면 한국의 음악 역시 해방 이후 짧은 기간에 급성장한 배경에는 가수들의 피눈물 나는 노력이 있었다. '엘레지의 여왕' 이미자의 노래는 1960~1970년대에 대부분 실업자 신세였던 아버지와 남편 대신 생활고를 짊어진 어머니들의 '모정(母情)'을 곡에 담아 국민의 누선(淚腺)을 자극했다. '하얀 나비'를 부른 김정호는 국악 풍의 오음계를 반영한 한국적 현대 가요를 탄생시켰다. 최근 장구 치며 노래 부르는 가수로서 KBS 인간극장에 소년 어부로 등장했던 풍운아 박서진도 훌륭한 청년 가수다. 또한, 영국의 폴 매카트니에 비견되는 가왕(歌王) 조용필은 본격적인 콘서트 무대를 유행시켜서 생음악의 노래 시장을 국민에게 선사했다. 대중음악평론가 임진모는 "소녀시대는 젊은 세대의 전유물이었던 아이돌 음악을 전 세대로 확장한 K팝 세계화의 주역"이라고 평가했다. 소녀시대에 힘입어 아이돌 문화가 성장하여 마침내 BTS를 탄생시켰다.

정치계라고 다를 것이 없었다. 한국 국민은 전두환 군부의 폭압 정치를 온몸으로 받아내며 투쟁했다. 결국, 그 투쟁은 김대중 대통령의 노벨 평화상 수상으로 평가받았다. 2024년 12월에는 대통령 윤석열의 내란을 20대 젊은 여성들로 주축을 이룬 시민 저항으로 극복했다. 한국의 민주주의가 다시 한번 세계적 의미가 있게 된 계기였다.

한국의 문단은 1920년대부터 근대문학의 꽃을 피웠다. 서정적인 애련함을 주옥같은 시로 표현한 김소월, 토속적인 내용을 단편소설로 선보인 「메밀꽃 필 무렵」(1941)의 이효석, 현대철학의 의미를 담아낸 「날개」(1936)의 시인 이상, 러시아와 유럽의 문학 풍을 가져온 시인 백석, 식민지 국민의 아픔과 프란시스 잠의 시풍을 반영하여 서럽게 노래한 윤동주의 시편 「하늘과 바람과 별과 시」(1941), 그리고 해방 이후 분단의 고통 속에서 소설 「제주도 우다」(2023)를 통해 제주 4·3을 고발한 작가 현기영, 연재소설 「욕망의 거리」(1981)에서 군부 세력에게 억압받는 민중의 상처를 드러낸 소설가 한수산, 대하소설 「태백산맥」(1983~1989)을 저술한 조정래, 래프 톨스토이의 「전쟁과 평화」(1865)나 「안나 카레니나」(1878)와 같은 걸작 「토지」(1969~1994)를 쓴 박경리가 한국 문단을 만들고 성장시켰다.

그리고 이에 바탕을 두어 애잔한 분위기의 소설로 독자들의 마음을 어루만진 박완서와 신경숙이 있었다. 1970년대생 젊은 작가 한강은 심사위원들에게 "압축적이고 정교하며 충격적인 소설이 아름다움과 공포의 기묘한 조화를 보여줬다"라고 평가받은 채식주의자로 맨 부커상을 받았다. 한국문학은 이 지점에서 멈춰져 있었다. 노벨문학상을 받기 위해 오랜 기간 준비한 시인 고은의 문학은 미투 고발로 날아갔고, 문학의 요람이랄 수 있는 대학의 인문학은 교육부의 인문학 말살로 싹이 뿌리째 뽑혔으며, 예술과 문예 부분의 국제 교류는 가냘프게 지원받던 국가보조금마저 삭감되었다.

이 지점에서 2024 노벨문학상에 빛나는 작가 한강의 탄생은 기적에 가까웠다.

일본은 어떨까? 전후(戰後) 일본은 패전의 우울한 분위기 속에서 국민의 정서가 상당히 저하되어 있었다. 태평양 전쟁을 일으키고 진주만을 폭격한 일본은 악의 축이었다. 가장 빠른 시기에 의회의 꽃을 피우며 문민정치를 구가한 일본정치는 군부 쿠데타로 육군이 수상을 암살하면서 독재 전쟁 국가로 변했다. 그들이 일으킨 태평양 전쟁과 진주만 폭격은 세기적 비극을 낳았다. 일본 군부는 조선에서 20만 명이 넘는 소녀들을 납치하여 군 위안부로 삼았고, 많은 조선인을 징집으로 유인하여 노동력을 착취했다. 일본군은 중국 난징에서 30만 명에 가까운 민중을 학살했다. 지옥은 총구에서 비롯되었다.

마침내 원자폭탄을 맞고서 항복한 일본이었지만 정국은 여전히 불안했다. 극우 정치가 주도권을 잡았다. 전쟁을 반성할 줄 모르는 우익 보수세력의 극우 정치화는 동아시아의 골칫거리였다. 일본은 패전 이후에도 천황을 정점으로 한 군부 세력이 국민을 통치하였다. 양심과 자유는 실종되었으며, 포스트모더니즘의 변화는 내셔널리즘에 밀려 답보되었다.

그러나 1960년대에 들어서서 문학 분야를 시작으로 천황의 신격화와 전쟁에 대한 반성의 목소리가 각계에서 제기되었다. 20세기 초 메이지 시대부터 유럽 문화를 수용한 일본 문학의 DNA는 나름대로 서구화의 체계성을 지니고 있었다.

그에 힘입어 가와바타 야스나리(1968년 수상), 오에 겐자부로(1994년 수상), 일본계 영국인 가즈오 이시구로(2017년 수상) 등 3명의 작가가 연이어 노벨문학상을 받는 일이 벌어졌다. 이를 계기로 일본 문학은 유럽과 미국에 본격적으로 알려지기 시작했다. 일본 국내의 작가들도 문학의 꽃을 피우는 일에 앞장섰다. 일문학은 노벨문학상에 업혀서 미래를 향해 나아갔다. 나는 이러한 현상을 일문학의 '어부바 노벨문학상 현상'이라고 명명하고 싶다.

빙점(氷點)의 문학적 배경

「나는 고양이로소이다」(1905)의 작가로 우리에게 널리 알려진 나쓰메 소세키(1867)는 일본 최초의 근대 문학가로 중국의 대문호 루쉰이나 「노르웨이 숲」(1987)의 저자 무라카미 하루키 등에게 영향을 끼쳤다. 한국의 일문학계에서는 일본의 셰익스피어로 추앙받았다(박경리 선생의 평가는 그렇지 않다). 그의 작품은 최근 한국에서 번역 출판되어 새롭게 주목받는 추세에 놓여있다. 아사히 신문 선정 '지난 1천 년간 일본 최고의 문인'으로 평가받은 탐미주의 소설가 다니자키 준이치로(1886)는 변태적 오이디푸스 콤플렉스를 반영한 소설들로 비난받았지만, 어쨌든 일본인 최초로 두 차례(1958, 1960)나 노벨문학상 수상자 후보에 오르면서 세계적인 작가로 떠올랐다. 노벨문학상을 받지 못했지만 이를 계기로 국제 문단에서는 일본 문학에 관심을 두기 시작했다.

소설 「설국」(1937)의 작가 가와바타 야스나리(1899)의 유미주의 문학은 한국의 현대소설에도 시사점을 주었다. 한국에서 해방 이후 조선일보를 중심으로 펼쳐진 신춘문예 당선작 소설들과 문예지 현대문학에 실린 역대 한국 작가들의 작품에 야스나리 풍의 빛깔이 많이 배어있음을 느끼지 않을 수 없으니 말이다. 그의 작품 설국의 첫머리는 많은 이들에게 사랑을 받았다.

"국경의 긴 터널을 빠져나오자 설국이었다. 밤의 밑바닥이 하얘졌다. 신호소에 기차가 멈춰 섰다"

설국의 이 문구는 한국의 국어 교과서에 실릴 만큼 유명하였다. 야스나리의 문학세계는 이후 무라카미 하루키의 「상실의 시대」(1987)나 에쿠니 가오리와 쓰지 히토나리의 「냉정과 열정 사이」(1999) 등에 깊은 영향을 끼친 것으로 보인다.

전후 민주주의의 기수라 불리던 진보주의적 소설가 오에 겐자부로(1935)는 일본 제국주의를 비판하며 전후(戰後) 반성의 문학을 펼쳐서 야스나리와 함께 노벨문학상 수상자의 영예를 얻었다. 그는 노벨상 수상 직후 천황 아키히토 덴노가 문화훈장과 문화공로상을 수여하려고 했지만 거부하였다. 민주주의 위에 군림하는 천황의 권위와 가치를 인정할 수 없다는 것이 거부의 이유였다. 겐자부로는 일본 제국주의로 인해 피해를 본 한국에도 매우 온정적인 태도를 보이면서 대표적인 친한파 인사로 분류되기도 했다. 자기 아들을 두고 실제로 체험한 내용의 노벨문학상 수상작인 「개인적인 체험」(2009)에서는 기형으로 태어난 아들의 안락사 문제에 대해 고민하면서 근본적인 인간의 욕망과 한계를 소설화, 독자들의 공감대를 형성하여 큰 호응을 얻어냈다. 국제적인 공감대는 관습을 깨고 나온 인간 본연의 변화에서 형성되었다.

이와 같은 일문학의 큰 흐름 속에서 「빙점(氷點)」(1964)의 작가 미우라 아야코(1922)가 탄생했다. 이후 로마인 이야기 시리즈를 완성한 시오노 나나미(1937)가 국제무대에 등장했다. 무라카미 하루키(1937)는 「노르웨이의 숲」의 작가로 독자들의 사랑을 받았다. 「냉정과 열정 사이」를 쓴 에쿠니 가오리(1964)의 작품은 영화로 만들어졌다. 재치 넘치는 작품으로 평가받는 「키친」(1988)의 작가 요시모토 바나나(1964)는 한국의 MZ세대에게 환영받았다.

미우라 아야코의 소설 「빙점」이나 그녀의 에세이 창작기법은 가와바타 야스나리의 유미주의를 반영한 것으로 보인다. 작품의 정체성(Identity)은 오에 겐자부로의 원죄 의식과 선(善)의 선택에 따른 의식화를 쫓아가고 있다. 심지어 「빙점」의 주인공들이 보여주는 엽기적 발상과 행동은 한국의 막장 드라마를 떠올리게 하는 효과를 나타내고 있다. 확실히 다니자키 준이치로의 도착적 변태 행위(가학증, 피학증)를 심리적으로 적용하고 있음을 눈치챌 수 있다.

미우라 아야코의 작품 「빙점」은 1964년 아사히 신문의 1000만엔 현상 공모에 최우수작 소설로 당선되었다. 일찍이 수필 등 여러 작품활동을 해오던 아야코이지만 이를 계기로 지방에서 평범하게 잡화점을 경영하는 주부에서 일약 유명작가로 부상하였다. 역대 노벨문학상 수상자를 배출해 온 아사히 신문의 영향력이 얼마나 큰지 실감할 수 있는 대목이다. 특히 미우라 아야코는 아사히카와 시립여고를 졸업한 후 7년간 초등학교 교사로 일하며 아이들에게 '천황 군국주의'를 교육한 자신의 부끄러움을 공개적으로 고백하였다. 그녀는 그에 대한 죗값으로 평생 자신이 결핵 등 온갖 중병에 시달리는 것이 잘 된 것이라고 성찰하여 일본열도를 충격에 빠트렸다.

미우라 아야코는 인구의 1%밖에 안 되는 일본의 기독교, 그 소수 종교의 독실한 신자로서 「빙점」을 저술하였다. 「빙점」에서 성경의 원죄적 시각으로 일본인의 혼네와 다테마에(본심과 겉마음)를 적나라하게 드러내어 철저히 해부하였고, 끝장을 보여주었다.

미우라 아야코는 1922년 홋카이도 아사히카와시에서 태어났으며 부모와 9남매가 함께 생활했다. 1935년에 사랑하는 여동생 요코가 요절했다. 「빙점」의 주인공 요코는 요절한 동생의 이름에서 따왔다. 그녀는 1946년에 교직을 퇴직하였다. 퇴직 후 그녀는 폐결핵과 척추뼈암이 겹쳐 13년간 요양했다. 그때 아야코는 홋카이도 대학 의학부를 결핵으로 인해 휴학 중이던 친구 마에카와 쇼와 재회해 편지를 주고받으면서 연인이 되었다. 그러나 1954년 마에카와가 사망하여 크게 상심할 때 아사히카와 산림원에 근무하던 독실한 기독교 신자이자 공무원인 미우라 미츠오를 알게 되어 1959년 그와 결혼하였다. 미우라 아야코는 요양 생활을 하는 동안 기독교인이 되었다. 1955년 6월에 기독교 잡지인 이치 지쿠와 무화과를 통해 집필 생활을 시작하였다(daum 위키백과, 2024). 그리고 마침내 1964년 아사히 신문의 1000만 엔 공모작에 당선되어 인기 작가가 되었다.

「빙점(氷點)」은 왜 고전(古典)의 범주인가?

「빙점」은 노벨문학상 수상자들의 작품이나 무라카미 하루키, 시오노 나나미, 에쿠니 가오리 등 유명작가들의 작품과 완전히 결이 다르다. 로마 제국주의의 속성을 '일본다움'으로 내면화시킨 시오노 나나미의 로마인 이야기, 혼네와 다테마에 사이를 오가며 달달한 연애 이야기를 전개한 무라카미의 「상실의 시대」, 혼네의 본심을 끝내 사랑으로 완성한 에쿠니 가오리의 「냉정과 열정 사이」, 다테마에를 혼네로 가져가지 못한 채 아픈 연애를 떨쳐버리지 못하는 요시모토 바나나의 「키친」 등은 '일본다움'의 범주를 충실히 지킨 소설들이다.

반면에 미우라 아야코의 「빙점」은 그 일본다움의 범주를 근본적으로 벗어난 소설이다.

「빙점」의 등장인물들이 외면적으로는 혼네와 다테마에를 오가며 일본다움을 나타내지만, 소설의 모든 과정과 결말은 인간의 원죄와 비극, 그 모순의 본질을 여실히 드러내고 있다. 이를테면 「빙점」은 인간의 원죄와 극복의 과정을 전개한 단테의 「천로역정」(1678), 도스토예프스키의 「죄와 벌」(1886), 톨스토이의 「부활」(1899), 스탕달의 「적과 흑」(1830)과 같은 고전(古典)의 성격을 고스란히 반영하고 있다. 나는 이에 대해 다음과 같이 평하고 싶다.

"유명하게 알려진 일본의 어떤 소설에도 이러한 근본적인 고전의 성격을 지닌 작품은 찾아보기 어렵다."

「빙점」에는 간통, 출생의 비밀, 살인, 입양의 비밀, 자살 등 막장의 요소가 넘쳐난다.「빙점」의 주인공은 다수의 구성원으로 설정되어 각기 다양한 인간 본질과 선악의 모순을 보여준다. 주인공 모두가 겉으로는 완벽하고 친절한 다테마에의 모습을 보여주지만, 속마음 혼네는 복수와 질투, 미움과 원망으로 가득 차 있다. 그렇지만 누구도 완전히 악하거나 선하거나 완벽하지 않다. 그러한 요소는 일본이나 한국의 막장 드라마를 구성하는데 적격이었는지 아사히 TV나 한국의 KBS, MBC TV에서「빙점」을 드라마로 편성하여 방영했다. 당연히 높은 시청률을 기록했다.
　작가 미우라 아야코의 고향인 홋카이도 아사히카와에 거주하는 소설「빙점」의 가족 구성원은 다채롭다. 소설「빙점」에서 가족 간의 비밀과 불신, 증오와 복수, 용서가 어우러지는 과정이 선정적으로 치열하게 전개되고 있다.

　가장(家長)인 쓰지구치 게이조는 의사로서 종합병원 원장이다. 그는 같은 병원에 근무하는 후배 안과 의사 무라이가 자신의 아내 나쓰에와 간통하고 있다는 심증을 가졌으며, 그 둘이 함께 있는 시간에 어린 딸 루리코가 집 밖으로 나가 강변에서 범인 사이

시 쓰치오에 의해 목 졸려 살해당한 후 아내에 대한 복수심으로 보육원에 맡겨진 범인의 딸 요코를 입양한다. 그는 아내를 질투하고 복수를 꿈꾸면서도 같은 병원의 직원 마쓰사키 유카코의 짝사랑을 은근히 즐긴다.

게이조의 아내 쓰지구치 나쓰에는 용모가 매우 아름다운 여인이다. 답답하고 재미없는 남편 대신 잘 생기고 말재주가 있는 총각 의사 무라이를 좋아하고 있다. 그와 사랑의 시소게임을 즐기는 시간에 "밖에 나가 놀라"는 엄마의 말을 듣고 뛰어나간 어린 딸 루리코가 범인의 손에 목 졸려 죽는 불행을 맞이한다. 어느 날 남편이 범인의 딸이라는 사실을 숨긴 채 데리고 온 요코를 키우며 위안의 날들을 보내지만 요코가 7세가 되는 어느 날 우연히 남편의 일기장에서 진실을 알게 되고 이후 입양한 딸 요코를 지능적으로 괴롭힌다. 학예회 무용 발표에 입고가야 할 흰옷을 주문했다고 속인 채 요코 혼자만 빨간 옷을 입고 무대에 서게 하고, 졸업식에서 답사를 읽는 영광을 가진 요코에게 졸업식 당일 답사를 백지로 바꿔치기하는 등 복수에 집중한다. 그러나 영민한 요코는 이 모든 복수를 극복하고 예쁜 여인으로 성장한다.

요코는 고등학생이 되어 남자친구 앞에서 자신이 범인의 딸이라는 엄마 나쓰에의 말을 듣고 자살을 기도한다. 속죄를 위해 죽음을 선택하였다. 친딸 루리코가 죽은 강변에서 다량의 수면제를 먹고 죽어가는 요코를 게이코는 간신히 살려내고, 이후 죽음에서 부활한 요코는 자신이 범인의 딸이 아니라는 진실을 알게 되고 대학에 진학한 후 친동생을 만난다. 요코는 이 소설의 중심에 서서 죄와 벌, 용서의 의미를 되새기는 주인공의 역할을 담당한다.

한편 게이코의 아들 도루는 죽은 어린 동생 루리코에 대해 안타까워하지만, 영리하고 예쁜 요코를 사랑한다. 친동생이 아닌 것을 알고 난 후부터 이성적으로 더욱 다가가게 되고 청혼하고 싶어서 몸살을 앓는다. 도루의 친구이자 요코를 사랑하는 남자친구 기타하라 구니오와 삼각관계의 고통에 빠져든다.

이러한 「빙점」의 줄거리는 시종(始終) 인간의 내면에 깃든 선과 악의 본질을 탐색하게 만든다. 원죄에서 벗어날 수 없는 인간의 속성을 집요하게 끄집어내어 서로 자문자답하게 한다. 기독교적 영향이 짙게 배어있다고 할 수 있지만 따지고 보면 죄와 벌, 전쟁과 평화, 천로역정 같은 고전의 성격과 특징을 고스란히 반영하고 있다.

「빙점」은 일본 문학의 이단아와 같다. 등장인물의 마음과 행동은 온전하게 '일본다움'을 나타내지만, 원죄의 문제를 기독교의 관점에서 분석하고 해결하려는 모습은 '일본다움'이 아니다. 「빙점」은 베스트셀러가 되고 당대에 가장 인기 있는 작품으로 평가받았지만, 작품에 대한 일본 문단의 평가가 미온적인 이유가 여기에 있다.

작가와 작품의 매력

「빙점」에서 작가와 작품의 관계는 실화와 허구의 경계에 놓여 있다. 「빙점」의 무대는 작가 미우라 아야코의 고향 아사히카와가 배경이고, 주인공들의 비극 중 일부는 자신이 겪었던 비극을 재현하였다. 일생을 병원살이에 시달려서 병원을 잘 알았던 작가는 자신이 겪었던 불신과 아픔, 폐결핵과 암, 첫사랑의 상실과 헌신적인 남편 미우라 미쓰요의 만남 등을 작품의 무대와 인물로 설정하였다. 등장인물들이 고민한 '혼네'는 작가 본인이 평생 의문을 품었던 질문이었다. 원죄의 구원을 향한 간절한 바람은 신과 만남을 통해 이루어져야 한다고 믿었다. 다음과 같이 작가와 작품의 매력에 대해 정리하고자 한다.

첫째, 「빙점」의 뛰어난 문학성이다. 「빙점」은 일본 문단에서 보기 드문 인간의 속성과 원죄의 문제를 다루었고, 그러한 특징이 전통적인 고전의 체계를 가졌다는 점에서 아사히 신문의 공모 당선작으로 선택되었다. 「빙점」은 다른 일본 작품에서 찾아보기 어려운 고전(古典)의 성격과 요소를 지녔다. 평소 습작에 심혈을 기울이지 않았다면 나오기 어려운 수작이다.

둘째, 일본다움의 혼내와 겉 표현이 충실히 반영된 인물 설정과 구성 요소 때문이다. 「빙점」이 TV의 드라마로 성공한 것은 기독교적 원죄와 구원의 요소를 배제한다 해도 그 배경과 줄거리, 주인공들의 행태가 막장 드라마에 적합하였기 때문이다.

셋째, 「빙점」은 범우사 등에서 한국어로 번역, 소개되어 한국 방송에서 김영애가 주연을 맡은 드라마로 제작될 정도로 대단한 인기를 끌었으며, 1960년대로부터 1990년대에 이르기까지 가장 유명한 일본 책 베스트셀러의 자리를 지켰다. 「빙점」을 포함한 그의 에세이 작품 등은 한국에서 1965년부터 지금까지 200여 편이나 출간되었다.

넷째, 1970년대부터 1990년대 이르는 시기는 한국에서 기독교가 불길처럼 타오르는 시기였다. 대학은 CCC(한국대학생선교회)를 비롯한 기독교 모임이 최다 인원수를 확보한 조직으로 활동했다. 한국 사회는 순복음교회와 개척교회의 십자가 불빛으로 밝혀졌다. 십자가 불빛은 밤마다 봉홧불처럼 올려졌다. 신자들의 열독서는 미우라 아야코의 「빙점」과 에세이들이었다. 길은 여기에, 살며 생각하며 등 아야코의 작품이 성황리에 읽혔다.

다섯째, 아야코의 작품 스타일은 한국의 따뜻한 작가 박완서의 소설과 많이 닮았다. 가족과 주변 지인들을 모델로 한 박완서의 작품은 마치 한 동네의 이웃들을 정겨운 시선으로 바라보게 만드는 친숙함이 배어있다. 미우라 아야코의 작품 역시 그렇다. 한국적 정서를 담은 듯한 아야코의 소설과 에세이가 한국인에게 환영받은 이유다.

미우라 아야코는 기독교 신앙에 기초한 평화와 예수 그리스도를 통한 하나님의 사랑을 주제로 한 많은 저작을 발표했다. 1982년 직장암 수술을 받은 이후에 손을 쓰지 못할 정도로 신체가 무너지면서 남편의 대필로 작품활동을 이어 나갔다. 말년에는 파킨슨병으로 투병 생활을 하다가 1999년 77세의 나이로 세상을 떠났다.

미우라 아야코, 높고 쓸쓸한 그녀의 영혼을 기리며!!

03 불꽃 시인 허난설헌(許蘭雪軒)

27세에 요절한 천재 시인,
가부장제에 희생당하면서도 붓을 놓지 않은 프로 문인

조선의 시집살이에 희생된 천재 시인

 사림(士林)이 득세하던 남녀 차별의 시대에 사회의 불평등한 현실을 직시하고 비판적인 저항시를 썼던 허난설헌(1563~1589)은 강릉 초당에서 태어나 유년 시절을 보냈다. 호는 난설헌(蘭雪軒)이고 자는 경번(景樊)이었다. 아버지 초당 허엽(1518~1580)은 화담 서경덕과 퇴계 이황의 문하로 학식과 덕망이 높았고 율곡 이이와 함께 국정을 논하였다. 그는 향약을 도입하여 백성을 구제하고자 노력하였다. 허엽은 슬하에 허성, 허봉, 허난설헌, 허균을 두었는데 언제나 딸과 아들을 차별하지 않았다. 나란히 앉히고 공부를 시킨 것으로도 유명하다. 허엽의 아들들은 모두 조선의 중요한 벼슬에 올랐다. 특히 홍길동전의 저자로 알려진 교산 허균은 오늘날까지 명성을 얻고 있다.

 허난설헌은 일찍이 신동으로 인정받았다. 그녀는 8살에 "저 높은 하늘에 신선이 살고 있고 그 신선과 함께 노닐며 대화를 나눈다."라는 뜻의 《광한전백옥루상량문(廣寒殿白玉樓上梁文)》이라는 장편 시를 지어 사람들을 놀라게 했다. 후에 정조 임금도 이 시를 읽고 감탄할 만큼 명문이었다고 한다. 난설헌은 후세에 200여 편의 시를 남겼고 그림 솜씨도 빼어나 그녀가 그린《앙간비금도(仰看飛禽圖)》는 그림 속에 여자아이가 주인공으로 등장하는 희귀한 작품으로 평가받고 있다. 앙간비금도는 지금 보아도 아버지와 난설헌이 하늘을 나는 새들을 바라보는 희귀한 장면이 담겨있어서 부녀간의 애틋한 정을 느끼게 한다.

아름다운 땅 강릉 초당에서 한 아름 자기다움을 뽐내며 오빠들과 함께 시를 짓고 문학에 젖었던 소녀 난설헌은 15세가 되어 가문을 중시하는 당시의 풍조에 따라 안동김씨 가문의 김성립에게 시집을 갔다. 내리 5대조가 문과급제를 한 엄청난 가문이었지만, 남편 김성립은 찌질하고 편협하였다. 문과급제는커녕 초시 8등급에 그쳤다. 아들 김성립이 술과 기생질에 빠져 집안을 소홀히 하자 난설헌의 시어머니는 모든 탓을 며느리 난설헌에게 돌렸다.

"여자가 남편을 돌보지 않고 시문이나 짓고 있으니 집안에 망조가 들었다."

천재 시인 난설헌의 고통과 고독은 이때부터 시작되었다. 오빠들과 남동생 허균은 불행에 빠진 난설헌을 어쩌지도 못하고 안타까워할 뿐이었다. 알려지다시피 허난설헌의 비참한 생애는, 그러나 개인적인 운명이 아니라 시대의 이데올로기 정책에 기인한 바가 크다.

조선의 4대 국왕이었던 세종(1397~1450)은 재위 기간에 한글 창제와 북방 개척 등 수많은 업적을 남겨서 우리 민족의 성군으로 추앙을 받은 사람이지만, 조선 여성들 처지에서는 원망을 살 법한 일도 단행했다. 형식적으로 조선 건국의 강령이자 통치 이데올로기라고 할 수 있는 경국대전을 실제적 이념의 문서로 공인하였다.

그에 따라 경국대전의 악법인 칠거지악, 즉 남편 잃은 여성의 재가 금지와 첩의 자손을 차별하는 서얼 차별제 등이 실정법 취급을 받았다. 아직 건국의 기반이 공고하지 못했던 조선 초기에 각종 개혁 입법을 추진하면서 그에 반대하는 보수파들의 마음을 달래기 위하여 여성 억압의 이데올로기를 강화한 것이다. 물론 세종이 다른 임금에 비해서 여성 억압의 기제를 많이 가졌다고 비난하는 것은 아니다. 당대의 정치적 한계를 지적한 것이다.

예나 지금이나 사회의 기강을 바로잡는다는 구실로 가장 애용하는 방법은 풍기 단속, 미니스커트 금지, 장발 단속 등이었다. 조선 시대의 정의사회 구현은 여성 차별이었다. 중세의 기독교와 이슬람의 여성 차별도 모두 독재를 위한 구실이었다. 조선의 유교 역시 여성 차별을 정치의 희생물로 삼았다. 조선 시대의 성(性)과 혼인 문제는 세계에서 찾아보기 어려울 정도로 폐쇄적이었다.

강고한 성리학의 정치체제는 여성을 억압하고 성을 부정시했다. 남녀의 성은 가문의 결합과 자식을 생산하는 통로였을 뿐 오히려 경계의 대상이었다. 경국대전에서 강화된 재가금지(再嫁禁止)

나 칠거지악, 서얼 차별은 여성을 억압하고 천시하는 이데올로기로 활용되었다. 조선의 선비들은 축첩제도를 이용하여 성을 마음껏 누리면서도 여성의 성정(性情)은 인정하지 않았다.

정암 조광조를 비롯한 당대의 대표적인 선비들이 속마음으로는 사랑을 갈망하면서도 체면 때문에 상대방 여성들을 성욕의 화신으로 몰아서 희생시킨다는 가상의 내용을 설정한 한문 단편소설 「심심당한화 深深堂閑話」(안석경, 1770)에서는 선비들의 교활하고 이중적인 모순을 파헤치고 있다.

인도와 중국 그리고 일본의 성과 사랑은, 성 그 자체를 부정하지 않는다. 신분과 종교 차이는 있지만, 남녀의 사랑을 긍정하고 성은 자연스러운 본능으로 이해한다. 그에 비해 조선의 성과 사랑은 중세의 기독교처럼 그 자체를 죄악시했다. 그런 점에서 조선의 성 가치관은 중세의 기독교적 성도덕과 똑 닮았다.

우리 한민족의 성 가치관이 원래 이렇지는 않았다. 삼국유사에 묘사된 구지가나 서동요, 선덕여왕과 비담, 처용가 등을 살펴보면 해학과 사랑이 넘치고 남녀의 애정을 살뜰하게 아끼는 장면이 속출한다.

그러나 조선 사회에 이르러 고려 때부터 이어 온 혼인풍속이 서서히 바뀌기 시작했다. 그것은 결혼 초기에 남자가 여자 집에 가서 봉사하고 사는 처가살이(장가)를 폐지하고, 여자가 남자의 집에 가서 영원히 돌아오지 못하는 시집살이를 도입한 것이다. 사대부의 핵심은 가부장제였다. 가부장제는 제사를 도구로 삼아 가문의 맥을 잇는 것이기에 제사 음식을 차리고 선영의 사당을 관리 할 노비 역할의 며느리가 필요했다.

명나라의 속국이나 다름없었던 조선이 명나라의 가부장제를 벤치마킹하고자 중국화의 차원에서 친영제(親迎制)를 고집한 것이다. 그러나 시집살이의 친영제는 백성들에게 환영받지 못했다. 딸을 남의 집으로 보내며 한가득 혼수까지 보내야 하는 시집살이가 달가울 리도 없었고 그만한 재물을 마련하기도 힘들었기 때문이다. 당연히 친영제는 정착하는 데 오랜 시간이 걸렸다. 다급해진 조정에서는 모든 양반이 먼저 시범 시행의 목적으로 친영제를 실천하라는 엄명을 내렸다. 세종 때에 시작한 친영제가 신사임당 때는 아직 크게 확대되지 못했다. 그 덕분에 신사임당(1504~1551)은 처가살이의 혜택을 보면서 남편과 시댁으로부터 비교적 자유로울 수 있었다. 신사임당이 결혼한 후에까지 자손을 생산하면서 작품활동을 할 수 있었던 시대적 배경이다.

허난설헌은 불행하게도 친영제의 직격탄을 맞았다. 강릉 초당에서 남녀 차별 없이 아버지에게 글을 배우고 시를 쓰던 난설헌은 15세의 어린 나이에 국가시책인 친영제에 따라 안동김씨 가문에 시집가야 했다. 시대적 조류에 떠밀려 기약 없는 시집살이에 내몰렸다. 처가살이의 혜택을 누렸던 신사임당처럼 허난설헌의 조건이 친정이었다면 그렇게 시집의 몰이해 속에서 요절할 일도 없었을지 모른다.

세종에서 시작하여 선조에 이르러 본격적으로 시작된 재가 금지, 서얼 차별, 친영제는 여성들의 삶을 뿌리째 흔들어 놓았다. 요즘 말하는 가문, 족보 제도가 도입되어 열녀문이 세워지기 시작했다. 남편이 죽은 여성은 재혼이 금지되어 한밤중에 보자기를 뒤집어쓴 채 끌려가는 약탈혼(보쌈)이 유행했다. 곳곳에 친영제로 인해 시집살이가 성행하고 목을 매는 며느리가 늘어났다. 가문에 열녀가 나오면 병역과 세금이 면제되는 혜택이 주어지자, 집 집마다 남편이 죽으면 따라 죽으라는 '은장도 열풍'(며느리에게 은장도를 주어 자결하라는)이 불었다. 명예살인과 여성의 노예화가 이익이 되는 조선 사회에서 백성은 신음했고, 한번 노비가 되면 자손 대대로 노비가 되어야 하는 국가관리의 노비제도는 조선을 세계 역사상 유례가 없는 지독한 신분 사회로 변질시켰다. 허난설헌의 불행과 비극은 다른 면에서 보면 국가폭력의 산물이었다.

엄청난 비극 속에서

허난설헌은 27세에 자신이 죽을 것이라는 예언적 시를 남겼다.

그리고 때가 오자 시에 쓰인 것처럼 한 떨기 꽃이 되어 무참히 떨어졌다. 병사했다는 말과 강물에 몸을 던졌다는 말이 후세에 오고 갔지만, 원통하게 생을 마감한 것은 틀림이 없다. 그녀가 26세에 지은 〈절명시(絶命詩)〉(1588)를 보자.

〈절명시(絶命詩)〉

푸른 바다가 더 푸른 옥구슬 바다를 적시고
푸른 난새는 오색 난새에 어우러졌네
아리따운 부용 꽃 스물일곱 송이 붉게 떨어지니
서릿달만이 차갑구나

1589년 27세에 극심한 스트레스와 상심이 겹쳐 요절한 그녀는 "자신의 시를 모두 불태우라"라는 유언을 남긴 채 시와 함께 세상을 떠났다. 그러나 누나의 유지를 받은 남동생 허균은 불태워지고 남은 200여 편의 한시를 추슬러 시집을 냈다. 사실상 동생 허균과 편지로 오갔던 시가 유고시집으로 만들어진 것이었다.

한꺼번에 몰아닥친 친정집의 비극이 허난설헌의 죽음을 재촉했다. 아버지 허엽은 1580년 돌연 객사하였다. 여동생을 끔찍이 사랑했던 오빠 허봉은 난설헌이 타계하기 1년 전 1588년에 갑자기 사망했다. 허난설헌이 그나마 슬하에 아끼고 사랑했던 자신의 아들과 딸은 초년에 병사했다. 불과 수년에 걸친 비극, 그녀의 가족 거의 모두가 그녀의 곁을 떠난 셈이다. 누군들 이 지경이 되면 살아갈 이유조차 찾기 어려운 법이다.

난설헌에게 불행 중 다행이라면 남동생 허균의 더 비극적인 죽음을 보지 못하고 타계한 것이다. 허균은 광해군을 섬기다가 역적죄로 누명을 쓰고 사지를 찢겨 죽이는 거열형을 당했다. 허균의 처형 이후 가문은 조선조가 망할 때까지 복권을 못 하는 비극을 초래했다. 시대를 앞서간 비운의 천재들, 허씨 가문의 아버지와 남매들은 당대에 '허 씨 5문장'으로 명성을 날렸다. 다음은 난설헌이 연이어 어린 딸과 아들을 잃고 쓴 시다.

〈곡자(哭子), 자식을 잃고 울다〉

지난해에 귀여운 딸을 잃었는데
올해는 사랑하는 아들마저 잃었구나
가슴이 미어지도다!
광릉의 흙이여, 작은 무덤을 나란히 마주 세웠네(하략)
　　　　　　　　　　　　　　　　- 허난설헌 시집, 1597

한류열풍을 몰고 온 난설헌의 한시

허난설헌이 중국에 알려져 글로벌 여류시인으로 높게 평가받은 배경에는 세 사람의 노력이 있었다. 세 사람의 치열한 '난설헌 살리기'는 오늘날 인재발굴의 모범이 되고 있다.

먼저, 바로 삼 남매 중 첫째인 허봉(許篈)의 역할이었다.

난설헌보다 12살 연상인 허봉은 명나라 사신의 접빈사 등으로 일하면서 중국을 드나들었다. 그때마다 명나라에서 최신으로 유행했던 이태백과 두보의 시집을 비롯한 당나라의 문학작품을 가져다가 누이 난설헌에게 주었다. 난설헌이 당시 조선의 주류문학인 송나라의 문학을 뛰어넘어 최신의 흐름인 당나라의 문학을 수용하고 그에 걸맞은 시를 쓴 것은 오빠 덕분이었다.

송대(宋代)의 문학이 당대(唐代)의 문학으로 진보하는 시기에 당시(唐詩)의 운율로 써진 난설헌의 시는 앞서가는 국제문학의 조류를 반영하였다. 그 내용을 차치하고서라도 이는 놀라운 일이었다. 당연히 중국의 문단에 허난설헌 열풍이 불만한 당위성을 지닌 것이었다. 명나라에서 오는 사신들은 조선에 오자마자 허균을 만나 난설헌의 시를 얻고자 앞다투어 달려들었다. 중국에 가져간 난설헌의 시는 중국 문단에서「조선시선 허매씨(朝鮮詩選 許妹氏)」,「양조평양록 (兩朝平壤錄)」등의 시집으로 발간되어 널리 퍼졌다. 조선의 어떤 작가도 이와 같은 한류열풍을 불러일으킨 작가는 단 한 사람도 없었다.

오빠 허봉의 개방적 학문 세계가 난설헌에게 끼친 영향이었다. 이는 비유하자면 현대문학을 주도했던 이상, 소월, 백석, 박인환, 윤동주, 정지용 등의 작품이 20세기 초의 글로벌한 작가들인 버지니아 울프, 프란시스 잠, 라이너 마리아 릴케, 괴테 등의 작품 세계를 통해 한국의 현대문학을 탄생시킨 것과 비슷한 맥락이라고 할 수 있다.

그다음은 손곡 이달(李達)이다

조선조 최고의 시인으로 평가받는 이달은 허봉의 친한 친구이자 영혼의 동지였다. 허봉은 이달을 어린 여동생 난설헌의 시 선생으로 앉혔다. 1대 1로 진행한 시 수업에서 당대 최고의 시인에게 시를 배웠으니 난설헌의 천재성은 갑자기 땅에서 솟아난 것이 아닌 배움의 결과였다. 이달은 양반 이수함과 홍주 관기(관에 소속된 기생) 사이에 태어난 서얼이었지만 시집 「손곡집(蓀谷集)」(1618)을 저술하였다. 그는 당시 유행하던 송시(宋詩)를 당시(唐詩)로 바꾸어 조선 문단의 흐름 체계를 변화시키는 데 결정적인 역할을 하였다.

이달은 최경창, 백광훈과 함께 삼당시인(三唐詩人)으로 불렸고,

백호 임제, 고경명, 허봉 등과 어울리며 조선 문단에서 명성을 떨쳤다. 그는 1609년 중국 사신의 접빈사 종사관으로 일하기도 했지만, 서얼 출신으로 평생 벼슬을 하지 못하고 전국을 떠돌며 시를 짓는 일로 소일했다. 허난설헌은 다행히도 최고의 시인 이달을 스승으로 두었다.

뜬금없는 얘기이지만 필자가 이달에 대해 배운 것은 내 이십대의 석사과정 때였다. 내가 재학하는 시기에 성균관대 한문학과에는「한국 현대문학사의 시각」(1997)이라는 책을 써서 한문학계의 새로운 석학으로 떠오른 임형택 교수와 벽사 이우성 교수, 한시를 가르친 송재소 교수와 한문 소설을 해석하는 이명학 교수(필자의 지도교수)가 재직 중이었다. 나 역시 그분들에게 손곡 이달의 시 세계를 배웠다.

이달은 조선의 신분 차별을 혁파하고자 하는 저항정신을 시에 담았다. 그는 백성들의 비극적인 삶과 탐관오리의 악행을 고발한 두보의 시처럼 고단한 조선 백성들의 삶을 노래했다.「서포만필」(1687)의 저자 김만중(1637~1692)과 허균(1569~1618)은 이달의 시에 대해 호평했다.

"그의 시는 신분 차별에서 생기는 울적한 심정과 마음의 상처를 기본 정조로 하면서도 따뜻한 느낌의 시어를 오언절구로 살려냈다."

이달은 사후에 그가 지었던 수천 편의 시가 모두 소실되었으나 허균이 암송하고 있던 200편의 시와 홍유형이 간직했던 130편의 시를 묶어서 「손곡집(蓀谷集)」(1618)으로 편찬, 오늘날에 전해진다. 이는 마치 윤동주가 유일하게 남은 유고시집을 연희전문 후배인 정병욱 교수가 태평양 전쟁의 학병에 끌려가면서 고향집 대청마루에 숨겼다가 해방 후 하늘과 바람과 별과 시로 출간한 사례와 비슷하여 가슴을 뭉클하게 한다. 스승인 이달의 시 세계를 본받아 쓴 듯한 난설헌의 「허난설헌 시집」(1597)의 '저항시'는 스승의 시 세계를 빼닮아 읽을수록 가슴이 아프다. 난설헌 시집에 그 연민과 동정이 묻어난다.

〈저항시〉

양반가의 세도가 불길처럼 성하고 높은 다락에서 풍악 소리 울리지만
가난한 백성들은 헐벗고 굶주려 오두막에 쓰러진다.
어느 날 아침 높은 권세가 기울면 오히려 이웃 백성을 부러워하리니
흥하고 망하는 것은 바뀌어도 하늘의 도리는 벗어나지 못하리라
밤늦도록 쉬지 않고 베를 짜노라니

베틀 소리만 삐걱대며 차갑게 울리는데
베틀에 짜인 베 한 필 결국 누구의 옷이 되는가(하략)

허난설헌이 신분 차별의 모순을 지적하고 사회 현실을 직시하면서 비판적인 시각을 견지한 배경에는 이달의 시 세계가 작용한 것으로 생각한다. 그 스승에 그 제자답다. 아름다움이란 '한 아름 자기다움'이니, 스승과 제자의 시대정신이 한 아름 아름다울 뿐이다.

세 번째는 남동생 허균이다. 홍길동의 저자 허균은 자식마저 모두 잃고 시집살이에 요절한 누이를 슬퍼했고, 그 천재성을 안타까워했다.

"나의 누이는 어질고 문장이 좋았으나 그 시어머니에게 인정받지 못했다. 늘 누님을 생각하면 너무나 가슴이 아프다."

허균이 아니었다면 오늘날 우리에게 허난설헌은 존재하지 못했을 것이다. 난설헌의 시가 중국의 문인들에게 주목을 받은 이유는 난설헌이 신비한 동방의 여류시인이고 시가 아름다워서만이 아니었다. 그녀의 시는 당대에 최신 유행을 타던 당시(唐詩)의 변화에 맞추어 지어졌고, 이달을 비롯한 허봉과 고경명 등의 '唐詩 문학파', 즉 엄연히 조선 집단지성의 일원으로 대접받았기 때문이었다. 현세의 삶은 고통과 고독으로 점철되었으나 역사 속의 그녀는 조선 중기 최고의 문인이었다. 허난설헌 생가터의 옛 이광로 가옥의 사랑채에는 지금도 허균의 영정이 봉안되어 있다.

우리나라 여학교의 교가 중에서 가장 많이 인용되었던 구절은 '덕행은 신사임당, 문학은 허난설헌'이다. 하얀 교복에 갈래머리를 딴 여고생들이 교가를 부를 때, 허난설헌의 고통과 고독이 무엇인지 생각하는 여학생은 드물었을 것이다. 그러나 역사 속의 그녀가 백성의 고통을 지적하고 여성들의 고독을 안쓰러워했다는 것을, 언제든 알았으면 좋겠다.

버지니아 울프와 허난설헌

동서양의 차이가 있지만, 시대의 분기점을 형성한 두 여류시인의 문학세계에 공통점이 있는 것은 흥미로운 일이다. 바로 페미니즘의 관점에서 현대문학의 길을 열었던 버지니아 울프(1882~1941)와 조선조 당시(唐詩) 문학의 사조를 이끌었던 허난설헌 두 여인의 이야기이다.

비운의 두 여류시인에게는 몇 가지 공통점이 있다. 케임브리지 대학의 교수와 프랑스 귀족의 딸을 부모로 두었고, 어려서부터 오빠들과 함께 홈스쿨링을 통해 문학적 감수성을 기르던 버지니아 울프처럼 허난설헌 역시 경상도 관찰사를 지낸 아버지(허엽)와 명문가 강릉김씨 어머니 밑에서 오빠 허봉, 남동생 허균과 함께 나란히 글을 공부하면서 천재성을 키웠다. 버지니아 울프는 남편 레너드 울프의 도움으로 수필과 소설을 출간할 수 있었고, 허난설헌은 비록 사후였지만 당대의 뛰어난 문인인 남동생 허균(許筠)에 의해 시집을 내어 중국과 일본에 허난설헌 한류열풍을 불게 하였다.

두 시인의 비극적 요소에도 닮은꼴이 있다. 버지니아는 매일 오후가 되면 오빠들에게 빅토리아 시대의 예의범절과 의복 검열을 받아야 했고, 여자에게 금지된 대학에도 끝내 입학하지 못하였다. 허난설헌은 15세에 안동 김씨 가문의 김성립과 결혼한 이후 천국에서 지옥으로 직행한 듯한 고통을 맛보아야 했고, 지독한 시집살이에 찌질한 남편의 시기와 냉대에 시달렸다. 남편 김성립은 내리 5대째 문과에 급제한 가문의 후손답지 않게 별시 8급 시험에 붙었을 뿐, 벼슬살이 하나 못한 못난이로 기방 출입이나 하는 건달이었다.

이와 달리 버지니아는 평생 가족들의 돌봄과 동료 문인들의 인정을 받으며 비교적 행복한 생애를 보냈다. 그러나 두 시인의 최후는 약속한 듯 묵시록적인 과정과 결말을 보여주었다. 버지니아는 자신이 그 시점을 예고한 대로 61세에 코트의 양쪽 주머니에 무거운 돌을 넣고 우즈강으로 걸어 들어가 다시는 살아서 나오지 못했다. 허난설헌은 27세의 생을 요절로 마감했다.

쓸쓸한 영혼의 천재 시인 허난설헌에게 거듭 경의를 표한다.

04 루 안드레아스 살로메! 사랑 끝에 서다

릴케, 니체, 프로이트에게 영향을 준 매력적인 여인,
자유롭고 사랑스러운 작가

오해와 편견, 풍문으로 들었소

고대 그리스의 여류시인 사포(Sappho, BC630~570)는 레스보스 섬의 비교적 부유한 집안에서 태어났다. 사포의 명성이 자자했던 이유는 무엇보다 아름다운 외모와 뛰어난 화술이었고, 동시에 위대한 서정시인으로 사랑의 감정과 욕망을 작품으로 남겼기 때문이다. 사포의 방대한 시와 산문은 거의 소실되었지만 지금까지 전해져 오는 그녀의 시집 「아프로디테의 찬가」(연대 미상)는 오늘날에도 사랑과 배신, 희망과 절망의 미학을 담아낸 수작으로 꼽힌다. 그 명성이 당시 최고의 시인으로 평가받던 호메로스와 견줄만했다.

여성이 차별받는 시대였지만 그녀는 천재 시인으로서 문필력을 과시했을뿐더러 사교계의 여신으로 등장하여 숱한 스캔들을 남겼다. 남성의 동성애와 달리 여성의 동성애가 금기시되었던 그리스에서 사포는 여성 간의 미묘한 감정과 열정을 작품에 담았다. 그 덕분에 여성 친화적인 '사포의 사랑'(sapphic)은 그녀의 고향 레스보스의 지명을 따서 '레즈비언'(lesbian)으로 명명되었다. 수천 년이 흐른 지금에도 사포의 사랑은 여성성의 페미니즘으로 선명하게 각인되고 있으니, 참으로 흥미로운 일이다.

사포는 그리스의 손꼽히는 시인이었다. 그러나 후대에 이르기까지 그녀에게 보내지는 찬사는 아이러니하게도 뛰어난 문학성이 아니라 아름다운 미모와 팜므파탈의 스캔들이었다. 남자들이 기록한 역사, 그 역사의 정체성을 가늠케 하는 대목이다. 그녀가 창조한 시어(詩語)를 하나 빌려서 그녀의 처지를 표현하자면 '달콤쌉쌀'(Bittersweet)한 일이 아닐 수 없다.

사포는 루 살로메가 아니다. 역시 황진이가 아니다. 그러나 기시감이 느껴진다. 시간을 뒤로 돌려 사포를 바라보면 어쩐지 루 살로메의 실루엣이 겹쳐진다. 자유로움과 천재성, 묘한 매력이 등가가치로 느껴진다.

은밀한 설렘 '루 살로메'

물빛 안개비가 문득 가슴을 적실 때…, 가끔 은밀한 설렘이 메마른 가슴을 노크할 때, 먼 곳으로부터 대책 없이 다가오는 이름은 마리아, 사임당, 퀴리, 링컨, 세종대왕 그런 이름들이 아니다. 낭만의 자유인 황진이, 에비타의 주인공 에바 페론, 만인의 연인 오드리 헵번, 짧은 만남 긴 여운의 마릴린 먼로, 헤어질 결심의 탕웨이, 현빈, 이도현, 차은우…, 그런 이름들이다.

루 안드레아스 살로메(1861~1937)는 설렘의 이름이며 아득한 이름이다.

그녀는 천재 남자들을 사랑에 빠트리고 절망에 이르게 한 여인이며 유럽과 러시아를 오가며 문학의 실크로드를 만들어 낸 사람이다. 그녀는 은밀한 러브 스토리의 생산자이자 지독한 팜프파탈의 대명사로 19세기 말에 유럽 문학판을 뒤흔든 '세기의 여류 문학가'이다. 하필이면 이름이 살로메, 성경 속의 헤롯왕을 요염한 관능의 나체춤으로 유혹하여 세례자 요한의 목을 쟁반에 담아 오게 한 처녀 살로메와 동명이다. 이 때문에 루 살로메를 전혀 모르거나 잘 알지 못하는 이들도 루 살로메의 이름에 자못 친숙함을 느끼게 된다. 어떤 느낌(?)의 친숙함인지는 각자의 몫이지만 말이다.

루 살로메는 36세에 22세의 라이너 마리아 릴케(1875~1926)를 만나 사랑에 빠진다. 그녀는 릴케를 사랑하고 존경하고 아꼈으며 예뻐했다. 살로메는 프랑스식 본명 '르네 카를 빌헬름 요한 요제프 마리아 릴케'의 이름을 독일식 이름의 '라이너 마리아 릴케'로 바꿔주었다. 살로메를 상대로 끝내 청혼도 사랑도 충만하게 이루지 못한 릴케는 젊은 나이에 요절하면서 임종 직전에 부르짖었다.

"내가 어떤 점이 부족하여 루 살로메의 사랑을 충족시키지 못했는가?"

임종 전 릴케의 눈동자에 비친 사랑의 그림자는 살로메였다. 이 모든 얘기는 루 살로메의 작품 중 '릴케 특집'에 고스란히 실려 있다. 릴케는 살아생전 루 살로메에게 후세에 길이 남을 사랑의 시를 헌사했다.

〈내 눈을 감기세요〉

내 눈을 감기세요
그래도 나는 당신을 볼 수 있습니다.
내 귀를 막으세요
그래도 나는 당신의 음성을 들을 수 있습니다.

발이 없어도 당신에게 갈 수 있고
입이 없어도 당신의 이름을 부를 수 있습니다.
내 팔을 꺾으세요
나는 당신을 내 가슴으로 잡을 것입니다.

내 심장을 멎게 하세요
그럼 나의 뇌가 심장으로 고동칠 것입니다.
당신이 나의 머리에 불을 지르면

그때는 당신을 내 핏속에 실어 나르렵니다.

　루 살로메(이하 살로메)는 소설가, 저널리스트, 수필가, 정신분석
학자로 살면서도 평생 스캔들의 한가운데 놓여있었다. 그녀는 지
그문트 프로이트(1856~1939)와 스승이자 친구 사이로 교제를 나
누었다. 꿈의 심리학자 카를 구스타프 융(1875~1961)과 지성을
공유했다. '신은 죽었다'를 외치며 현대철학의 문을 연 프리드리
히 니체(1844~1900)에게 지독한 구애를 받았다. 특별히 낭만 시
인 라이너 마리아 릴케와 뜨겁고 시끄러운 러브스토리를 남겼
다. 그녀를 사랑했던 남자들은 한결같이 살로메에게 연애의 주
도권을 빼앗겼고 사랑의 이야기는 언제나 흥미진진했다. 그녀는
누구일까?

살로메의 작은방, "연금"

　그렇게 유명하고 떠들썩한 살로메였지만 평생 그녀의 수입원
은 53세까지 러시아의 황제에게 매년 받은 유족연금이 거의 전
부였다. 40여 년을 함께 살았던 남편 안드레아스와 검소한 생활
을 영위했다. 오히려 안드레아스와 하녀 사이에 태어난 딸을 양
녀로 입양하여 키우기까지 했다. 그 자신 명성이 높은 문인이었

지만 일상생활은 겨우 가난을 면할 정도였다.

그러나 살로메는 적은 돈이었지만 러시아의 군대 장교였던 아버지가 남겨준 황제 차르의 유족연금이 있었다. 그 때문에 남자들에게 경제를 의존하지 않고 자유로운 삶을 선택할 수 있었다. 1889년 비스마르크가 독일에서 노령연금법을 시행하기 전에 이미 제정 러시아는 국가유공자 등에게 지급하는 연금제도를 시행하고 있었다. 살로메가 고향인 러시아의 상트페테르부르크를 떠나 독일에 정착했지만 제정 러시아는 망하기 전까지 살로메에게 유족연금을 지급하고 있었으니, 지금의 시각으로 보아도 놀라울 따름이다.

차르의 연금은 소박하지만, 평생 살로메가 당당한 자립의 길을 걷게 만든 원동력이었다. 당시에 '2등 인류 여성'의 삶은 비참했다. 러시아나 유럽의 여성들은 부모나 남편에게 경제생활을 의존했다. 영국에서는 아내를 내다 파는 일도 비일비재했다. 여성은 노예나 다름없는 신분이었다. 심지어 마녀사냥도 남아 있었다.

러시아와 유럽의 대학들은 여성에게 문호를 개방하지 않아서 공부의 길도 막혀있었다. 19세기 말에 활동했던 버지니아 울프도 귀족 가문의 딸이었지만 대학 진학의 길이 막혀 겨우 왕립학교에 입학하여 공부할 정도였다. 그나마 스위스의 대학 중 일부가 여성의 진학을 허용했다. 살로메는 얼마 되지 않은 유족연금을 손에 쥐고 스위스의 취리히 대학에 입학할 수 있었다. 알베르트 아인슈타인(1879~1955)이 졸업한 취리히 연방 공과대학 역시 남녀 모두 수학할 수 있는 학교였으니 19세기의 스위스는 명실공히 개방적인 학문의 전당이었다. 아인슈타인은 모교에서 클래스 메이트인 밀레바와 CC(캠퍼스 연인)로서 열렬히 사랑했고 졸업 후 결혼까지 하였다. 지금 돌아보면 어쨌든 동시대에 루 살로메와 아인슈타인이 취리히 연방 대학에서 공부했다는 사실이 흥미롭기만 하다. 세계사는 연결고리로 형성되어 있다.

살로메의 생애에서 연금 문제의 비중은 작지 않았다. 그녀는 연금 덕분에 비교적 자유로운 생활을 유지했다. 연애와 결혼, 사교생활, 문필활동에서 누구의 신세를 지지도 않았다. 그러나 제1차 세계대전을 겪으며 제정 러시아가 무너졌고 연금은 끊겼다. 먹고사는 문제가 목전에 다가왔다. 대학교수였던 남편 안드레아스도 그 무렵 실직을 하여 백수가 되었다. 난생처음 생계 문제에 직면한 그녀는 닥치는 대로 일해야만 했다.

살로메는 프로이트 밑에서 정신과 전문의로 일하며 하루에 열 명이 넘는 환자를 상담했다. 그녀는 일각에서 돈벌이용이라고 눈총을 주었던 문필작업에 뛰어들었다. 「소년에게 보낸 세 통의 편지」(1917), 「집」(1919), 「하얀 길 위의 릴케」(1928), 「프로이트에 대한 나의 감사」(1931)등 일생의 역작으로 꼽히는 작품들이 이

연금 상실의 시기에 집필되었다. 먹고 살아야 했다. 특히 릴케와 프로이트에 관한 책은 본인의 자서전이나 다름이 없었다. 그 때문에 현재까지 루 살로메 자신은 물론이고 릴케나 니체의 생애사에 대한 논저의 근거나 인터넷 소개 글조차 이 저서들에 상당히 의존하고 있다.

연금은 버지니아 울프가 "여자가 500달러의 돈이 있으면 경제적으로 독립할 수 있다"라던 바로 그런, '그녀의 작은방'이었던 셈이다.

자유로운 영혼 글로벌한 지성

루 살로메의 본명은 루이자 살로메로 1861년 상트페르부르크에서 태어나 십 대를 보냈다. 그녀는 제정 러시아의 고급장교인 아버지 구스타프 폰 살로메의 외동딸로서 다섯 명의 오빠들에 둘러싸여 귀여움을 독차지하고 살았다. 우스개 얘기지만 살로메의 심리분석을 진행했던 프로이트는 그녀의 남성 편력에 대한 원인을 다음과 같이 해석하였다.

"살로메는 외동딸로 다섯 명 오빠들의 지나친 관심과 애정을 받
으며 자라는 과정에서 고집이 세졌고, 오빠들과 사랑을 공유하면

서 후일 남성들과 1:1 관계를 유지하는 데 어려움을 겪게 되었다."

지금 시각으로 볼 때 약간 터무니없게 느껴지는 해석이다. 그러나 뭐 해석은 예나 지금이나 전문가란 사람들이 갖다 붙이기 나름이니까 어쩔 수 없는 대목이기도 하다. 여하간 천재로 자라나던 살로메는 17세에 이르러 명망이 높았던 사교계의 귀족 목사 길로트를 만나 신학과 철학, 논리학, 불문학, 독문학 등을 배웠다. 말하자면 최고급 품격 높은 가정 교육을 받은 셈이다.

42세의 길로트 목사는 천재성이 뛰어난 소녀 살로메에게 빠져들었다. 둘의 관계는 스승이자 연인으로 발전했다. 목사는 마침내 부인과 이혼한 후 살로메와 결혼하려는 욕망으로 그녀에게 사랑을 고백했다. 그때까지 육체 관계없이 열렬한 스킨십으로 애정을 표현하던 목사가 깊은 욕망의 키스를 하면서 고백한 청혼인지라 살로메는 당황했다. 이에 화들짝 놀란 살로메는 길로트에게 절교를 선언하고 어머니를 따라 스위스로 건너가 취리히 대학 철학부에 입학한다. 여자의 마음은 알 수가 없다. 목사 길로트의 심정이 그랬을 것 같다.

가끔 인생의 위기는 반전의 기회를 낳는다. 그녀는 대학에서 당대의 뛰어난 신학자 비도만 교수에게 수학하며 천재성을 인정받았다. 명망 높은 교수들의 총애를 받는 학생이 되었다. 그러나 폐병이 도지면서 건강 문제가 심각해지자, 그녀의 어머니는 딸을 데리고 따뜻한 남쪽 나라 이탈리아로 건너간다. 살로메는 여기에서 유럽의 지성인들 사이에 명성이 높았던 '말미다'(귀족, 폰 마이젠부르크 부인)와 만나게 된다. 늘 그렇듯이 인생의 길은 사람으로 말미암는다. 살로메의 사회생활은 말미다 부인에게서 시작하여 글로벌의 세계로 뻗어 나가기 시작했다.

살로메는 말미다 부인의 소개로 철학자 파울 레를 만났다. 이어 바젤 대학교 철학과 주임교수였던 유명 인사 프리드리히 니체(1844~1900)와 만났다. 38세의 니체는 파울 레가 살로메에게 구애를 했던 것처럼 21세의 여대생인 그녀에게 뜨거운 애정 고백을 하였다.

"우리가 어느 별에서 태어나 왜 만나게 되었나?"

지금도 뻔한 작업 멘트로 쓰이는 이런 말을 위대한 철학자 니체가 했다니, 생각할수록 달콤쌉쓸한 일이 아닐 수 없다. 애타는 고백에도 불구하고 니체의 사랑은 뜻대로 진행되지 않았을뿐더러 살로메의 기묘한 제안(철학적 공론을 위한 동거)에 오히려 셋이 함께 동거하는 일이 벌어졌다. 동거는 오래가지 않았다. 질투심에 불탄 니체의 마음이 허락하지 않았다. 니체는 그녀를 떠난 후 애증의 분노에 불타서 그 마음을 투영한 작품「짜라투스트라는 이렇게 말했다」(1883)를 저술했다. 살로메는 니체의 집착 어린 사랑을 외면했지만, 그 자신 비평가로서 니체에 대해 예지적인 평론을 한 바가 있다.

"우리는 미래에 니체가 새로운 철학적 종교의 예언자로 등장하는 것을 보게 될 것이며, 수많은 영웅을 추종자로 두게 될 것이다"

살로메의 평론대로 후에 니체는 헤겔과 쇼펜하우어를 뒤흔드는 초현실주의 철학자로 등극하였으니, 우리는 평론가로서 살로메의 역량을 짐작할 수 있다. 이후 그녀는 베를린 대학의 언어학과 교수인 안드레아스를 만나 결혼하게 되고 그와 42년간 법적인 부부로 살았다. 살로메를 짝사랑했던 안드레아스는 자살 소동을 벌이면서 구혼을 했다. 공포에 질린 그녀는 엉겁결에 청혼을 수락했다. 오늘날로 치면 데이트 폭력(dating violence)이다. 그런 결혼임에도 불구하고 전제조건이 있었다.

"결혼생활 중에 성 생활은 금지, 자유로운 연애에 참견하지 말기"

안드레아스는 (고통스럽게) 그 조건을 받아들였다. 한번은 모르는 척 조건을 어기려고 시도하다가 살로메에게 실제로 살해당할 뻔한 후로는 평생 약속대로 살지 않을 수 없었으니 자업자득이었던 셈이다. 살로메가 팜프파탈의 화신으로 우뚝 서게 된 대목에서 남편 안드레아스는 조역을 담당했다. 그 후로도 니체의 그림자는 길게 이어졌다.

니체는 살로메에게 상처를 입은 후 폐인처럼 살면서 역작들을 생산했다. 그녀는 니체가 정신병원에 입원한 후 그에 대한 평론집 「작품으로 본 니체」(1928)를 저술하였다. 이 책은 오늘날에 이르기까지 니체 연구자들에게 가장 중요한 연구자료의 하나로 쓰이고 있다. 파울 레는 니체가 죽은 지 1년 만에 살로메와 사랑의 추억이 깃든 스위스 칠레리나 산 위에 올라 투신자살을 하였다. 한 사람은 미쳐서 죽고 한 사람은 투신했다. 사랑은 가히 눈물의 씨앗이려니.

마침내 36세의 살로메가 22세의 젊은 시인 릴케를 만나 처음으로 성적인 사랑에 빠지게 되었다. 살로메는 남편 안드레아스가 있었고 릴케는 애인 프리드리히 피넬리스(신경정신과 의사)가 있었다. 그러거나 말거나 두 사람은 안드레아스와 셋이 함께 러시아 여행길에 오른다. 살로메는 래프 톨스토이(1828~1910)에게 릴케를 소개했다. 장엄한 '성(聖) 톨스토이'의 존재감에 사로잡힌 릴케는 '민중(民衆)'이라는 존재에 눈을 뜨게 된다. 릴케의 시문학은 톨스토이의 영향을 크게 받았고, 이후 조각가 로댕과 일하며 예술의 세계에 깊이 천착하게 되었다. 릴케는 살로메와 둘이서만 동행했던 두 번째의 러시아 여행에서 「부활」(1899)의 삽화를 그린 화가 레오나드 파스테르나크와 그의 아들 보리스 파스테르나크(1890~1960)와 만나게 된다. 소년 파스테르나크는 릴케의 문학을 경청하면서 깊은 감명을 받았다. 그는 후에 불후의 명작 「닥터 지바고」(1957)를 집필해서 노벨 문학상을 받았다. 릴케와 살로메는 이별한 후에도 평생 문학의 동지이자 친구로 지냈으니, 사랑과 우정은 종이 한 장 차이인가? 정녕 모르겠다.

살로메는 늦은 50세에 정신분석학자 프로이트의 문하생으로 입문하여 스승과 깊은 대화를 나누었고, 연구와 진료에 몰두했다. 힘들지만 행복한 시기였다. 프로이트는 그녀를 높이 평가했다.

"내가 정신분석의 산문가(散文家)라고 한다면, 살로메는 정신분석의 시인(詩人)이다"

세간에 프로이트와 살로메의 연애 이야기가 맴돌았지만, 프로이트는 현명하게도 적당한 거리를 유지했다고 알려진다. 그녀는 프로이트와 일하며 신경정신과의 전문의로서 인정을 받았으나 그림자도 따랐다. 프로이트의 제자였던 타우스크 박사의 열렬한 구애를 차갑게 거절했고, 상심에 빠진 타우스크는 스스로 거세(去勢)한 후 자살했다. 엽기적이고 충격적인 죽음이었다.

수많은 만남 중에 프로이트는 그녀에게 연인 이상으로 특별한 존재였다. 그만이 애정의 도가니에 빠지지 않고 살로메와 끝까지 우정을 유지했기 때문이다. 살로메는 죽기 직전에 「프로이트에 대한 나의 감사」(1931)라는 저서를 집필하여 그에게 바침으로써 고마움을 표했다. 이 책은 역시 프로이트 연구자들에게 소중한 자료로 쓰이고 있다. 따지고 보면 프로이트, 니체, 릴케의 역사는 모두 그녀의 기록에 빚진 바가 크다고 아니 할 수 없다.

살로메는 평생 소박하게 살았다. 남편 안드레아스는 1891년에 일찍이 프로이센 정부에 의해 교수직을 잃었다. 이데올로기의 시비(是非) 탓이었다. 그녀는 1930년 그가 사망할 때까지 긴 세월 동안 가족을 먹여 살려야만 했다. 살로메는 당뇨병과 유방암을 앓다가 1937년, 75세를 일기로 사망했다. 그리고 독일의 문학사에 '루 살로메'라는 선명한 이름을 남겼다.

'자기다움'의 아름다운 그녀

루 살로메는 어떤 사람이었을까?

그녀는 세기적인 지성인이었다. 15권의 저서와 다수의 논문과 칼럼을 남긴 철학자이자 문필가였고 대단한 저널리스트였다. 러시아와 독일, 이탈리아와 프랑스를 오가며 유럽의 문단에 큰 발자국을 남겼다. 톨스토이, 파스테르나크, 니체, 프로이트, 릴케, 카를 융 등 당대의 지식인들과 나란히 교류하면서 위상을 굳혔다.

또한, 주체적인 여성의 삶을 스스로 쌓아 올렸다. 마녀사냥이 남아 있던 19세기에 우정과 연애, 결혼에 대한 소신을 드러냈고 뜻한 바대로 살았다. 그녀를 사랑했던 남자들은 홀로 우뚝한 그녀의 개방성과 지성 앞에서 우주의 다른 생명체를 만나듯 감전되어 버렸다. 애절한 구애와 짝사랑, 다자간 연애(Polyamory) 속에서 무너진 것은 남성들이었다. 그 때문에 평가절하되었고 나아가 팜므파탈의 화신으로 억울하게 낙인찍히기도 했지만, 본인은 별로 개의치 않았으니 참으로 멋진 일이다.

그리고 일과 사랑을 구분할 줄 아는 인내심의 소유자였다. 니체와 릴케, 프로이트와 교제하면서 애증에 끌려가거나 무너지지 않았다. 오히려 자신을 포함하여 릴케, 니체, 프로이트에 대한 평전을 서술함으로써 대중을 상대로 솔직하게 관계를 밝혔고, 그에 관한 글은 후세에 귀중한 연구자료로 남겨졌다. 살로메 같은 문필가는 인류 역사상 유일하다고 할 정도로 드문 사례이다. 19세기 근대의 여명이 밝아오는 시기에 루 살로메 같은 주체적인 여성이 존재했다는 사실은 놀랍고 유쾌한 일이다. 나 자신 역시 그녀에 대한 작은 글을 쓰게 되어 영광이다.

"루 살로메는 '한 아름' 아름다운 사람이다. 그녀에게 경의를 표한다."

05 냉정과 열정 사이의 에쿠니 가오리

영화 〈냉정과 열정 사이〉의 공동작가,
일본 대중문화의 꽃을 피우다

피렌체 두오모 성당의 누보로망

한 시절, 한국인 관광객들을 피렌체로 불러들인 배경에 한 권의 일본 책이 있었다. 1999년에 출간되고 2003년 영화로 개봉된 연애소설, 에쿠니 가오리 & 츠지 히토나리가 공저한 「냉정과 열정 사이」(영화 2003)였다. 남녀 두 작가가 신문에 2년간 교대로 연재한 글이 책과 영화로 나오자, 일본열도는 물론 한국의 젊은이들은 연애 온도를 바짝 높였다. 츠지 히토나리와 에쿠니 가오리는 실제로 연애를 한다는 설정을 구성하여 각자 남자 역할의 '아가타 준세이'와 여자 역할의 '아오이'로 열연하며 끈질긴 릴레이 연재를 완성했다.

한편씩 교대로 연재된 소설의 형식도 파격적이었을뿐더러 일본과 피렌체를 넘나드는 소설 배경 역시 신선했다. 그 자신 베이비붐 세대인 에쿠니 가오리(1964)는 소설과 영화를 통해 한국 독자들의 마음을 사로잡을 만한 연애 화법을 구사했다. 때마침 군사독재정권 시절을 거쳐 노무현 시대를 맞이한 한국의 젊은이들에게 「냉정과 열정 사이」는 가슴 시린 연애 감성을 선사했다. 간략하게 소설의 줄거리와 배경을 설명하자면 다음과 같다.

20대에 접어든 준세이와 아오이는 뜨거운 사랑에 빠지지만, 부친의 유산을 독점하고자 하는 준세이 아버지의 탐욕과 음모로 헤어지게 된다. 그 과정에서 마음의 상처는 물론 아기까지 강제로 유산한 아오이는 이탈리아 피렌체로 떠난다. 당대의 유명한 원로화가를 할아버지로 둔 준세이는 묵묵히 화가수업에 몰두하게 된다. 두 사람은 아픈 사랑을 시간 속에 묻고 서로 다른 연애와 일 속으로 빠져든다. 그러던 어느 날 준세이는 창작 화가의 길을 포기하고 훼손된 명작 그림을 회복시키는 '복원 화가'로 진로의 변화를 모색하였다. 그는 할아버지의 응원과 지원 속에서 이탈리아로 유학을 떠난다.

우여곡절 끝에 준세이와 아오이는 피렌체에서 우연히 만나지만 사랑을 복원하는 데 실패한다. 그러나 두 사람은 마침내 한가지 약속을 머릿속에 떠올렸다.

"10년 후 아오이의 생일에 피렌체 두오모 성당에서 만나자"

그날 두 사람은 성당으로 달려간다. 종일 아오이를 기다리던 준세이는 마침내 극적인 재회를 이루어 낸다. 둘은 한 몸으로 합체하여 뜨겁게 사랑을 나누었지만 완전한 재회에 도달하지는 못한다. 그렇지만 이날을 계기로 곡절 끝에 둘은 각자의 애인과 헤어지고 서로에게 돌아오게 된다.

정말 처참하게 일그러진 그림을 하나하나 복원하듯이 잔인하게 무너져 내린 실연의 아픔을 복원시키는 소설 속 주인공들의 행위가 놀랍기만 하다. 준세이의 직업은 복원 화가다. 망가진 그림을 복원하듯이 상처 입은 아오이의 마음을 복원시킨 것이다.

사랑 얘기를 떠나 잠시 현실을 들여다보면 흥미롭게도 일본 예술가들의 복원 능력은 뛰어나다. 일제 총독부는 당시 무너지고 훼손된 우리나라 보물급 석탑들을 상당히 복원시키는 작업을 수행한다. 총독부를 미화하자는 것은 아니다. 이 얘기는 내 절친이자 「경주의 불탑」(2024)의 저자인 홍순거에게 직접 들은 사실이다. 한국인들에게 사랑은 깨진 거울처럼 회복할 수 없는 존재이다. 그러나 일본인들의 눈에는 무너진 사랑도 복원할 수 있다는 현실주의를 갖고 있다. 실제로 일제 강점기 이전에 석탑 복원은 잘 행해지지 않았다. 무너진 채 그대로 두는 것이 예술의 가치를 지키는 것이라는 가치관이 있었던 것이 아닌가 싶다.

그러고 보니 훼손된 예술품에 대한 한·중·일 3국의 시각이 다르기는 하다. 한국은 그대로 두고, 일본은 복원시키자는 주의라면, 중국은 아예 허구이든 말든 본디 것보다 훨씬 과장하여 거창하게 새로 만들자는 주의이다. 내 생각이지만 세 나라를 여행해 본 분들이라면 무슨 말인지 공감할 것이라고 믿는다.

소설 「냉정과 열정 사이」의 두 남녀 주인공은 연애와 이별, 재회 속에서 오직 서로의 감정에만 몰두하는 모습을 보여준다. 단순하면서 뻔한 줄거리지만 이 소설은 출간 당시 새로운 기법의 소설 형식으로 눈길을 끌었다. 전통 소설에서 나타나는 관념 및 줄거리의 의도적인 목적성을 배제하고 뚜렷한 심리설명도 없지만, 시간의 역전과 시점의 변화는 자유롭다. 「냉정과 열정 사이」는 프랑스의 위대한 사상가 '장 폴 사르트르'(1926~1980)가 선보인 반(反) 소설적 성격의 '안티 로망'(Anti Roman), 즉 프랑스에서 시작된 누보로망의 소설 형식을 도입한 신소설의 성격을 지녔다고 볼 수 있다. 누보로망은 전통적 소설의 형식을 버리고 새로운 형식에 도전하는 것을 이른다.

에쿠니 가오리는 도쿄에서 태어나 성장하고 미국으로 건너가 델라웨어 대학에서 영문학을 전공하였다. 평생 도시 여자(City a woman)의 현대적인 이미지를 간직하게 된 배경이랄 수 있다. 그녀의 작품 「냉정과 열정 사이」 속에는 성적 이데올로기와 육체적 정조에 대한 금기(Taboo)가 전혀 없다. 그녀의 다른 작품들에서도 역시 성 개방의 일본 문화와 진보적인 미국의 성 모럴이 끼친 영향을 엿볼 수 있다.

재미있는 것은 「냉정과 열정 사이」가 영화와 드라마로 등장한 2000년대 초반부터 한국의 관광객들이 피렌체의 두오모 성당으로 몰려들었다는 사실이다. 말할 것도 없이 에쿠니 가오리의 작품에 대한 낭만의 순례길이었다. 현재 한국의 베이비붐 세대는 각자 좋아하는 가수들에게 푹 빠져 팬클럽을 만들고, 그것도 모자라 '가수님'의 고향과 흔적을 따라 깃발 들고 '성지순례'(가수님의 길)를 하는 일이 유행한다. 이탈리의 피렌체의 두오모 성당에는 각국의 연인들이 남기고 간 사랑의 낙서가 정말 '낙서처럼' 빼곡히 적혀서 성당 측의 골칫거리가 되기도 하였다.

사랑의 다른 시선, '여자 무라카미 하루키'

에쿠니 가오리의 다른 작품들을 살펴보기 전에 「냉정과 열정 사이」의 시각과 성격을 규정해보는 일은 일본의 현대문학을 이해하는 측면에서 유용할지도 모른다. 냉정과 열정 사이가 영화로 방영이 되었으니까 편의상 중국과 한국의 멜로 영화를 하나씩 대비시켜 비교해보기로 한다(출처 : 교육 플러스, 김대유, 2023).

연애 속에 결혼이 있고 결혼 속에 연애가 있는 이야기, 중국 왕가위 감독의 〈화양연화〉(2000)는 남주인공 차우(양조위)와 여주인공 수리첸(장만옥)의 불륜과 연애가 어우러진 멜로 영화다. 서로의 배우자가 자신들의 배우자를 상대로 불륜을 저지르고 있음을 안 두 사람은 정보교환을 빙자하여 만났고, 만남은 사랑의 감정으로 이어진다. 서로를 바라보는 시선 속에서 연애의 감정은 깊어지고 이루어지기 어려운 사랑은 이별을 예고한다. 영화 〈화양연화(和樣年華)〉는 글자 그대로 "인생에서 가장 아름다우면서도 가장 슬펐던 시간"을 만들어 낸다. 양조위와 장만옥의 속 깊은 연기 덕분에 우리는 저마다 달콤하면서도 슬픈 사랑의 한때를 회상하면서 '그때'가 그리운 것인지 '그대'가 그리운 것인지 감상에 젖는다. 그러나 두 사람의 사랑은 유교적 가족주의에 갇혀서 욕망의 완성에 이르지 못한다. 결혼으로 결합하는 가족 이데올로기에서 벗어날 수 없었다.

한국영화 박찬욱 감독의 〈헤어질 결심〉(2022)에서 형사역인 장해준(박해일)은 아내 정안(이정현)과 헤어질 결심을 하는 것인지 범인역 송서래(탕웨이)와 헤어질 마음인지 스스로 알 수 없어 한다. 남편 연쇄 살해범 용의자인 탕웨이는 자신을 쫓는 형사반장 박해일을 사랑하고 박해일 역시 범인으로 확신이 드는 탕웨이를 연모한다. 그 감정은 모순적이다. 정훈희와 송창식이 어우러진 헤어질 결심의 OST 안개는 박해일과 탕웨이의 안타까운 시선을 함빡 드러낸다. 〈화양연화〉의 연애는 가슴이 아프고 〈헤어질 결심〉의 사랑은 머리가 아프다. 연애하면 가슴이 아프고 결혼을 하면 머리가 아프게 마련이다. 왜 그런 것인지 따지는 일은 역시 허망한 일이다. 〈헤어질 결심〉의 주인공들은 불륜의 벽에 부딪히고 불신의 바다에 빠져 익사하고 만다. 안개처럼 이것도 저것도 아닌 방황의 길을 보여준다. 한국의 불륜 남녀들이 흔히 그렇듯이 말이다.

　나카에 이사무 감독의 〈냉정과 열정 사이〉(2003)는 같은 사건을 주인공 준세이(다케노우치 유타카)와 아오이(진혜림)의 시선으로 각각 중첩하는 릴레이 영화의 기법을 썼다. 통속적인 내용이지만 두 사람의 사랑은 연애와 결혼, 다른 이성의 결합 등 모든 관계의 그물망을 뚫고 복원에 성공하는 길을 보여준다. 준세이와 아오이는 첫사랑의 강렬함에도 불구하고 헤어진다.

　준세이 부친의 음모로 가난한 처녀였던 아오이는 임신을 숨긴 채 준세이와 뜻하지 않게 헤어지게 되고, 아오이를 잊지 못하는 준세이는 유명한 화가였던 할아버지의 대를 잇는 대신 복원 화가가 되어 아오이가 떠나간 이탈리아로 유학하러 간다. 두 사람의 사랑은 찢어진 원작 그림을 복원하듯이 과거에서 현재로, 현재에서 과거로 오가며 엇갈린 사랑을 복원하는 과정을 보여준다. OST는 장중하고 슬픈 감정으로 가득 차 있다.

　그러나 OST 현악 4중주는 두 사람이 나누는 첫 키스의 달콤함과 두오모 성당의 재회를 봄날처럼 날려준다. 영화 〈냉정과 열정 사이〉는 〈화양연화〉에서 느껴지는 윤리의 감정이나 〈헤어질 결심〉에서 보여주는 제도의 한계를 명확하게 뛰어넘는 사랑의 완성을 묘사하고 있다. 작품 〈냉정과 열정 사이〉는 〈화양연화〉나 〈헤어질 결심〉의 사랑을 뛰어넘는, 매우 현대적인 사랑의 해방을 선사하고 있다.

〈헤어질 결심〉에서 주인공들의 연모는 투사적 중독 현상을 나타내고, 〈화양연화〉의 차우와 수리첸은 미켈란젤로의 상호작용을 반영하고 있으며, 〈냉정과 열정 사이〉의 준세이와 아오이는 오직 사랑만을 위해 성 윤리와 도덕에 구애받지 않는 스타일의 사랑을 보여준다. 에쿠니 가오리의 작품이 갖는 성격이 무엇인지 규정할 수 있는 대목이다.

일본의 현대문학이 갖는 정체성과 독특함은 사실, 일본다운 것이다. 성적 금기가 엷은 성문화, 미국 이외에 그 어느 국가에도 정복되지 않았던 독특함, 의병이나 레지스탕스 같은 민족적 의로움이 전혀 없던 나라, 변변한 야당도 없이 자민당 하나의 의회만으로 오랫동안 국가를 유지해 온 나라, 일본의 현대문학은 역설적이게도(애써 좋게 말하자면) 민족애, 정치적 이데올로기가 배제되고 증발하여 인간 존재에 깊이 천착할 수 있는 토양을 형성하였다. 일본 문학의 장단점을 언급한 것이 아니다. 다만 '일본스러움'을 말한 것이다. 독자 여러분이 에쿠니 가오리가 왜 여자 무라카미 하루키라고 불리는지 이해할 수 있다면 에쿠니 가오리의 작품을 이미 이해하고 있는 것이 아닐까 싶다.

밝고 즐거운 날들은 조금 슬프게 지나간다

긴 세월 다작을 해 온 에쿠니 가오리(이하 에쿠니)는 일본 도쿄의 신주쿠에서 태어났다. 메지로 단기대학에서 일본 문학을 전공한 후, 미국의 델라웨어 대학교에서 영문학을 공부했다. 그녀는 수필가인 아버지 에쿠니 시게루처럼 수필가로 시작하여 동화작가, 시인, 소설가로 활동하였다. 현재 만 60세가 되었지만, 여전히 왕성한 작품활동을 전개하고 있으며 수려한 외모로 독자의 사랑과 인기를 끌고 있다. 타니자키 준이치로 상(2015), 가와바타 야스나리 상(2012)을 비롯하여 화려한 수상경력을 자랑하고 있다.

에쿠니는 수십 년 동안 많은 작품을 출간했다. 스무 살 연하 남자를 만나는 40세 여자의 감성과 상처를 세련되게 묘사한 「도쿄 타워」(2001), 어릴 적부터 가까운 거리에서 공존한 마리와 큐의 50년에 걸친 사랑과 인생을 담아낸, 츠지 히토나리와 호흡을 맞춘 소설 「좌안, 우안; 마리와 큐의 이야기」(1996), 소꿉친구 사이인 가호와 시즈에의 미묘한 우정을 그린 「홀리 가든」(1996), 남자로부터 버림받았지만 사랑을 믿고 기다리는 엄마 요코와 그 남자의 딸 소우코가 나누는 기막힌 대화, 그 방랑의 여정을 "소소한 이야기이지만 잔혹한 광기를 나타낸"것이라고 자평한 걸작 「하느님의 보트」(2001), 호모 남편과 알콜 중독의 아내가 그리는 상식 너머의 사랑과 우정을 그린 「반짝 반짝 빛나는」(1991), 리카와 하나코가 한 남자를 두고 갈등을 겪지만 기묘한 우정으로 공존하는 「낙하하는 저녁」(1996), 세 남자의 이야기, 단세포적이고 스포츠에 열광하는 젊은 오이, 거북이를 기르며 유유자적하는 중년의 모자, 성실하지만 고지식한 2의 이웃사랑과 우정을 그려낸 작품 「호텔 선인장」(2001) 등 다수의 작품을 저술했다. 나는 그녀의 작품들을 읽을 때마다 소소한 즐거움에 빠질 수 있었다.

에쿠니는 왕성한 저술과 틈틈이 선보이는 수필로 당대 최고의 인기작가로 평가받으며 일본 국민의 사랑을 듬뿍 받고 있다. 작가로서 초기에는 '남자 무라카미 하루키'라는 수식어를 달 정도로 유미주의에 탐닉했지만, 후기에 이르러 큰 폭의 줄거리를 다룬 연작 소설들을 써내는 변화를 가져오고 있다.

에쿠니가 한국에 알려진 계기는 저명한 작가이자 영화감독인 츠지 히토나리(1959)와 공동저술로 쓰인 「냉정과 열정 사이」가 출간되면서부터였다. 일본에서는 요시모토 바나나(1964), 야마다 에이미(1959)와 함께 일본 3대 여류작가의 반열에 올라 있다. 에쿠니는 유미주의 문학을 계승하고 있으며 유려한 우유체 문장과 세련된 감성 화법을 작품에 적용하고 있다. 무엇보다 3대에 걸쳐 100년 동안에 벌어지는 대가족의 이야기를 마치 미드 형식으로 펴낸 가족주의 소설 「포옹 혹은 라이스에는 소금을」(2015)을 펴내 문단의 화제를 불러일으켰다. 이 책은 기존의 작품과 달리 많은 수의 인물이 중층적으로 등장하고 '서로 알지 못하는 시간의 존재'를 쪽매붙임의 패치워크(patchwork) 형식으로 서술하고 있다. 긴 호흡의 대하 드라마 같은 소설의 내용은 "비슷한 듯 보이나 각자 아주 다른 정체성을 서로에게 감춘 채 살아가는 가족 구성원의 다양성"에 대하여 담담하게 드러내어 묘사하고 있다. 가족의 의미를 깊이 탐구한 작품으로 평가할 수 있다. 비교하는 것이 무리이긴 하지만 이 소설을 읽다 보면 한국의 대작가 박경리(1926~2008)의 소설 「김약국의 딸들」(1962)을 떠올리게 된다.

에쿠니의 소설들은 대체로 인간 본연의 감성이 갖는 은밀한 정체성(Identity)을 서두름 없이 그러나 집요하게, 끝까지 파고드는 특징을 지니고 있다. 인간이면 누구나 겪게 되는 고독과 결핍의 정서, 애정과 미움의 감정을 정말 '일본답게' 담담하게 군더더기 없이 다루고 있다.

에쿠니 가오리를 탐색하며 저절로 한국의 작가들을 떠올리지 않을 수 없었다. 비교적 풍족하고 평화로운 현대의 시간을 탐닉하며 마음껏 저술할 수 있는 환경과 분위기를 누린 일본의 여류작가들은 나름 행복해 보였다.

반면에 식민지와 독재의 긴 터널을 지나오며 유교와 페미니즘 사이에서 아파하고 고뇌한 한국의 여류작가들에게는 연민을 느끼게 된다. 아픔을 견디면서 고통스러운 시간의 질곡을 감내한 박경리의 소설 「토지」로부터 비로소 인간 본질의 허무와 결핍을 다룬 탐미주의 소설로 맨부커 상을 받은 작가 한강의 작품들을 생각하게 된다. 그렇지만, 그런데도 거리로서 가깝지만, 정서로서 아주 먼 나라, 한국과 일본의 여류작가들이 앞으로는 자주 만나서 교류하고 환하게 웃으며 함께 진화할 수 있는 날들이 있기를 바란다. 간절히.

"계절은 아름답게 돌아오지만, 밝고 즐거운 날들은 조금 슬프게 지나간다."

-에쿠니 가오리, 호텔 선인장에서

06 「오만과 편견」의 제인 오스틴

작품 「오만과 편견」의 큰 떨림,
사랑과 지성의 조화를 가르쳐 준 소설가

뼈 때리는 뒷담화, 그녀들의 이야기

약 4만 년 전 현생 인류 호모사피엔스에게 멸종당한 것으로 추정되는 네안데르탈인은, 최근의 고고학 연구에서 우리 사피엔스와 비교하면 지식과 감정, 체격적 우월성을 지닌 것으로 드러나고 있다. 서울 중랑구 면목동에서도 네안데르탈인의 유적이 발견될 만큼 그들은 당대의 세상을 지배하는 주인공이었다.

따뜻한 동료애를 나누던 그들의 일상은 체격이 왜소한 호모사피엔스의 출현으로 멸망의 시간을 맞이했다. 말발 넘치는 호사가(好事家)들의 상상력을 자극하는 멸망의 이유에 대해 히브리대학의 미래학자 유발 하라리 교수(1976)는 그의 저서 「호모사피엔스」(2015)를 통해 '뒷담화'를 꼽았다. 좀 의역하자면 다음과 같다.

"네안데르탈인과 달리 뒷담화는 호모사피엔스의 진화발달에 나타난 특징이었다. 삼삼오오 패거리를 지어 불평불만을 일삼고 트집을 잡아 반란의 싹을 틔우는 그들에 의해 비겁한 전쟁기술이 발달했다. 네안데르탈인은 그들의 기술을 당해내지 못하고 멸망했다."

즉, 믿거나 말거나 호모사피엔스는 상상력과 음모의 도구인 뒷담화, 즉 뒷담화 이론에 의한 인지 혁명으로 인해 자신들보다 힘이 우월한 인종을 멸망에 이르게 하였다는 것이다. 주역에 "글은 마음의 그림"이요 "말은 마음의 함성"이라는 문구가 있다. 마음에 담긴 상상력이 밖으로 뛰쳐나와 말과 글이 되었을 때 비로소

'소통'의 틀이 만들어진다. 인류 역사의 변화과정에서 말과 글은 진화의 주 매개체가 되었다. 특히 남성의 센 근육이 세계를 지배하는 고대에서 웅변은 남자들과 군대를 움직이는 원동력이었다. 전투는 병사의 근육으로 나아가지만, 전쟁은 왕과 장군의 연설로 시작되었다.

"이야기는 달빛에 바래면 신화와 전설이 되고 햇빛에 비추면 역사가 된다."

이 말처럼 시와 소설의 등장은 '인류적 뒷담화'의 통로가 되었다. 지배자들이 만드는 거짓의 역사보다 마음속 깊은 곳으로부터 터져 나오는 진실의 글들이 신화가 되고 전설이 되었다.

김부식은 국가 프로젝트로 신라 중심의 삼국사기를 저술했지만, 승려 일연은 먹먹한 심정으로 민중의 편에 서서 삼국유사를 지었다. 사마천(BC145~86)은 한무제(漢武帝)에게 올바른 간언을 하다가 생식기가 거세되는 궁형을 당했지만 이를 악물고 사기(史記)를 저술하여 황제들에게 감추어진 진실의 역사를 드러냈다. 셰익스피어의 소설은 위선으로 얼룩진 영국의 종교 독재에 파열구를 냈고, 버지니아 울프는 차별에 신음하는 여성들에게 여성주의 페미니즘을 선사했다. 시오노 나나미는 자유의 도시 베네치아에 머물며 로마인 이야기를 써서 독자들에게 생생한 로마의 뒷담화를 선사했다. 뼈 때리는 이야기, 소설은 달빛에 바랜 역사다.

현생 인류 호모사피엔스의 지배자 남성계급은 뜻밖에 등장한 페미니즘의 뒷담화에 지리멸렬(支離滅裂)하여 '남성 대멸종 시대'의 서곡을 울렸다. 말은 밖으로 얼굴과 근육을 흥분시키지만, 글은 안으로 뼛속 깊이 스며든다. 호모사피엔스의 강자인 남성들은 여성 작가들의 '뼈 때리는' 글들로 인해 서서히 무너져 내린 것은 아닐까?

지하세계 최고의 연애소설

제인 오스틴(1775~1817)의 소설 「오만과 편견」(1813)은 사실, 고백하건대 글로 읽었을 때보다 영화(2005)로 접했을 때 한층 열기를 느꼈다. 주인공 키이라 나이틀리 때문이었다. 아마 세상에서 가장 좋아하는 여배우를 꼽으라면 전이나 지금이나 내게는 키이라 나이틀리다. 당당하고 총기 넘치는 눈매, 도전적인 지성미는 그녀가 가진 장점이다.

사랑에 빠지면 남자는 설레는 마음을 주체하지 못해 오만에 빠지기 쉽고, 여자는 자신에게 집착하는 남자의 사랑이 진실인지 아닌지 끊임없이 의심할 때 편견에 사로잡히기 마련이다. 키이라 나이틀리는 배우로서 절정의 시기에 소설 속 엘리자베스의 역할을 훌륭하게 소화해 냈다. 엘리자베스는 멋지고 부유한 남자 다아시의 마음을 저울질하며 처음에는 "가치관이 달라 존경심을 가질 수 없다"라며 청혼을 거부했지만, 충심으로 자신의 빈한한 가문 베넷 가의 자매들을 위해 헌신하는 모습을 보며 편견을 접는다. 여자가 가문 간의 결혼(심지어 남편이 아내를 시장에 내다 파는 시대에)에 전혀 토를 달 수 없었던 당대에 가치관을 내세우는 주인공의 태도는 파격적인 서사를 이루었다.

「오만과 편견」은 제인의 생애에 쓰인 총 여섯 편의 작품을 대표하는 소설이다. 영국의 결혼 풍속은 당연히 중매를 통한 가문과 가문의 결합이었다. 다섯 명의 딸을 가진 가난한 귀족의 베넷 가문은 어머니 가디너의 지혜와 기지로 딸들을 시집보내는 장면으로 시작된다.

베넷 가의 차녀 엘리자베스는 잘나가는 백작 집안의 청년 다아시를 만나 관심을 끌게 되지만 오만하다는 편견 때문에 청혼을 받아들이지 못한다. 엘리자베스는 '가치관이 다르다'라는 이유로 사랑을 거부하지만 실망하지 않은 다아시는 언니 제인 베넷과 동생 리디아 베넷의 부실한 결혼 과정을 도와주는 등 백마 탄 왕자가 되어 여자의 집안에 헌신한다. 엘리자베스는 마침내 남자의 진심을 발견하게 되면서 청혼을 수락한다.

「오만과 편견」은 따지고 보면 가디너 베넷 부인의 자녀 결혼 프로젝트에 관한 성공 신화다. 이 때문에 이 작품은 수백 년이 지난 오늘날에도 영화와 드라마로 제작되고 있고, 특히 심리 묘사가 있어야 하는 막장 드라마의 제재(題材)로도 흔히 쓰인다.

「오만과 편견」은 제인 자신의 이루지 못한 첫사랑과 결혼을 상상 속에서나마 완성한 일화로도 유명하다. 제인은 후에 아일랜드 대법관이 된 귀족 가문의 톰 로프로라는 청년과 뜨거운 사랑을 나누었지만 남자 집안의 반대로 결혼에 이르지 못한다. 또한, 1802년 26세에 부유한 청년 해리스 비그위더에게 청혼을 받지만, 기질이 전혀 다르고 좋아하지도 않은 사람과 결혼할 수 없다면서 끝내 뿌리치고 언니와 함께 독신으로 일관한다.

운명적 사랑은 사랑의 감정이 만들어 낸 환상일 것이다. 문학과 예술은 예나 지금이나 운명적 사랑을 반영하여 노래한다. 제인은 운명적 사랑을 믿었다. 그러나 그 운명이 자기편이 아니라는 것을 안 순간 결혼과 멀어졌다. 사실 사랑은 환상이라기보다는 사회생활이자 철학이다. 사랑은 철학의 에센스다. 철학을 뜻하는 Philosophy는 'Philo'(사랑)와 'Sophia'(지혜)의 합성어다. 철학은 인간이 존재하는 혹은 존재해야 하는 방식과 이유의 근원이 사랑이라고 정의한다. 사랑 이야기는 철학 이야기이다. 각국의 건국 신화와 러브스토리는 모성애 혹은 남녀의 성적결합 요소로 구성되었다. 제인은 소설 「오만과 편견」을 통해 독자들에게 사랑이 무엇인지를 열심히 설명하고 있다.

여자라면 누구나 남편에게 경제를 의존했던 영국 사회에서 두 자매가 미혼으로 산다는 것은 '가난과 멸시'를 자청한다는 의미에 지나지 않는다. 제인은 평생 가난했다. 익명으로 펴낸 책도 팔리지 않았고, 모든 수익을 합쳐도 1천 파운드가 넘지 않았다. 그녀는 "사랑이 없는 결혼은 하지 않겠다. 차라리 글을 쓰면서 혼자 살겠다"라고 선언하였다. 그 정신은 「오만과 편견」의 독립적이고 자존심이 높은 주인공 엘리자베스로 재연되었다. 소설 속에서 이루지 못한 첫사랑 톰 프로이와 행복한 결혼을 이루었다. 사랑이 철학의 바탕이 되고 종교의 목적이 될 때 인간은 평화로울 것이다. 따뜻한 마음과 열린 가슴으로 사랑을 이해하고 사랑의 이야기를 나눌 수 있는 역사와 문화를 만드는 것, 그것이 존재론의 중심이 될 때 비로소 인간의 길은 '평화로운 사랑 이야기'로 가득 차게 될 것이다.

제인 사후에 톰 프로이는 거액을 들여 런던 옥션에 나온 제인의 「오만과 편견」초판본을 구입했다. 그는 자신의 첫딸 이름을 제인이라고 지었다. 이루지 못한 사랑만큼 애절한 것이 있을까? 애절할수록 아름다운 감정으로 기억되는 것 역시 첫사랑이 아닐까.

「오만과 편견」을 비롯한 그녀의 작품에 나타나는 문체는 대체로 3인칭 서술의 자유 간접 담론이 주를 이루는 형식으로 쓰였다. 등장인물의 생각과 시선이 이야기를 전개하는 화자와 오버랩되는 이 양식은 현대소설의 탄생에 깊은 영향을 주었다. 제인은 옥스퍼드를 졸업한 오빠들의 도움으로 「첫인상」(1796), 「오만과 편견」(1813), 「맨스필드 파크」(1814), 「엠마」(1815), 「레이디 수전」(1816)을 비롯한 여섯 편의 소설을 익명으로 편찬했다.

제인은 생전에 자신의 실명으로 소설을 내지는 못했지만, 어느덧 '익명의 그녀'에 대한 소문은 널리 퍼졌다. 그녀 말기에는 영국의 섭정이자 왕세자인 조지 4세에게 궁으로 초청을 받아 자신의 소설 「엠마」를 헌정하게 되는 등 지식인층 사이에 그녀의 글이 퍼져나갔다. 그러나 그뿐이었다.

머릿속의 셰익스피어 가슴속의 제인 오스틴

가난하고 쓸쓸했던 여인, 제인은 유럽이 나폴레옹의 정복 전쟁과 프랑스 혁명에 휩싸이는 개벽의 시기에 사회에 참여하지도 못한 채 방에 갇혀 묵묵히 글만 쓸 수밖에 없었다. 그렇지만 그녀의 작품에는 누구도 범접하기 어려운 여자의 자존심과 독립정신이 담겨있다. 동시에 누구나 꿈꿀 수 있는 사랑의 고뇌와 상상력이 펼쳐져 있다. 남녀 차별의 부당함을 현실적 조건에서 극복하고자 노력하는 여자 주인공들의 눈물겨운 저항을 묘사했다. 집 밖으로 나가지 못한 대신 작고 초라한 집의 창가에 달빛처럼 비친 신분 사회의 한계와 모순을 고발했다. 무엇보다 주인공과 등장인물 모두의 시선을 모아내고 한 명, 한 명 가슴에 담긴 정서를 고루 끄집어냈다.

200년이 지난 지금도 제인의 소설이 예술세계의 주목을 받고 리메이크되면서 적지 않은 팬클럽을 형성한 배경에는 이처럼 시공을 초월한 사랑의 공감대가 형성되었기 때문이다. 영국의 저명한 소설가 헨리 제임스(1843~1916)에 의해 제인의 소설이 소개되면서 명성을 얻은 그녀의 지명도는 21세기에 이르러서도 좀처럼 식을 줄을 모른다. 영국의 국영방송 BBC는 "지난 1천 년간 최고의 문학자는 누구인가?"라는 설문 조사(1999)를 진행했다. 그녀는 1위인 셰익스피어에 이어 2위에 올랐다. 제인의 대표작인 「오만과 편견」 역시 인기작품 2위를 기록했다.

제인은 우리나라의 독자들에게도 사랑을 받고 있다. "「오만과 편견」은 2003년 이후 한국의 독자들에게 가장 사랑받는 고전문학 작품"으로 꼽혔다(교보문고, 2013). 제인의 작품들은 현대에 유행하는 로맨스 소설 및 《브리짓 존슨의 일기》(영화, 2001) 등 이삼십대 여성 취향의 칙릿(Chick-lit) 소설의 원조로 일컬어지기도 한다. 영국인들은 아무도 윌리엄 셰익스피어를 '윌리엄'이라고 부르지 않는다. 어니스트 헤밍웨이를 어니스트라고 부르지 않는 것처럼 말이다. 그러나 제인 오스틴은 누구나 '제인'이라고 부른다. 제인 추종자, 오스틴 컬트, 오스틴 현상이란 말을 유행시킬 정도로 제인은 지금도 대중적 오마주(homage)의 중심에 서 있는 아이콘이다. 세익스피어의 작품은 크고 위대하지만, 당연히 머릿속에 머물러 있다. 하지만 제인의 소설은 읽으면 읽을수록 가슴부터 시려온다.

　제인 오스틴은 쓸쓸하고 가난한 무명의 작가였다. 평생 영양실조에 시달렸고 류머티즘과 결핵으로 자주 아팠으며, 41세의 비교적 젊은 나이에 애디슨병으로 사망했다. 애디슨병은 부신에서 코르티솔과 알도스테론이 부족해서 생기는 병이다. 일종의 자가면역 질환이다. 결핵을 앓았던 그녀로서 애디슨병은 치명적일 수밖에 없었다. 그녀의 죽음을 주목하는 사람들은 많지 않았지만, 명문대를 나온 그녀의 오빠들에 의해 작가임이 알려져 윈체스터 대성당에 안장(安葬)되는 영광을 얻었다. 윈체스터 성당은 옛 잉글랜드의 수도에 있는 왕가의 묘역이다. 묘하게도 그녀의 사후 다음 해인 1818년에는 제인 오스틴에 버금가는 위대한 여류작가가 탄생한다. 30세에 미혼으로 살다가 요절한 「폭풍의 언덕」(1847)의 저자 에밀리 브론테(1818~1848)다. 신기한 인연이다.

　"여성들이 더 독립적인 삶을 원한다면 독서를 해야 하고 무엇보다 소설을 읽어야 한다."

　노예제를 반대하며 쓴 칼럼 중에 특히 강조한 제인의 글이다. 당대에 가진 것 없고 힘이 약한 여성들이 소설의 상상력, 뒷담화의 창조자가 되어야 한다는 뜻은 아니었을까.

07 영문학, 버지니아 울프로 물들다

현대소설의 산파, 귀족 출신 작가로
평민 여성들의 눈물을 닦아 준 페미니스트

목마(木馬)와 숙녀

중·고등학생들은 시를 외우고 청년들은 음악다방의 DJ가 선곡하는 팝송에 중독되는 날들, 미팅을 나가면 별밤의 방송 사연을 연속극 얘기처럼 헤프게 나누던, 그런 '라떼'의 시절이 있었다. 말하자면 1980~1990년대 '나 때'는 그랬다. 김소월의 애절한 시 〈진달래꽃〉 "나 보기가 역겨워 가실 때에는 말없이 고이 보내드리오리다"와 "노란 숲속에 길이 두 갈래로 났었습니다"로 시작되는 프로스트의 「가지 않은 길」이 중간고사 문제의 단골 메뉴로 등장하던 때였다. 내 고교 시절 국어과의 황인휘 선생님이 박인환(1926~1956)의 시 〈목마와 숙녀〉(1955)에 대해 "한국 현대 시의 특징을 잘 보여준 낭만적 시"라고 가르칠 때는 전혀 귀에 들어오지 않았다.

그러나 어느 날 버스 터미널 옆 빵집 파리 베이커리에서 고1 여자친구가 그 시의 전편을 눈감고 줄줄이 낭송할 때는 무조건 감격했다. 〈목마와 숙녀〉에 등장하는 버지니아 울프(1882~1941)의 이름이 어쩐지 슬픈 이미지로 가슴에 각인된 순간이기도 했다. 함빡 서러움과 모던함이 느껴지는 이 시를 가수 박인희가 노래로 불러서 유명해졌다. 일찍이 시인 박인환의 시 〈목마와 숙녀〉에 버지니아 울프의 이름이 등장한다. 젊은 시절 우리나라 청춘들은 내남할 것 없이 낯선 버지니아 울프의 이름과 페미니즘이란 용어를 입에 담아 아무렇지도 않게 외우고 따라 불렀다. 참고로 박인환(1926~1956)의 시 〈목마와 숙녀〉를 현대 감각에 맞게 필자가 약간 내용을 수정하여 표기한다.

〈목마와 숙녀〉(1955)

한 잔의 술을 마시고 우리는 버지니아 울프의 생애와

목마를 타고 떠난 소녀의 옷자락을 생각한다.

목마는 주인을 버리고 거저 방울 소리만 울리며

가을 속으로 떠났다. 술병에서 별이 떨어진다.

상심한 별은 내 가슴에 가볍게 부서진다.

그러한 잠시 내가 알던 소녀는 정원의 초목 옆에서 자라고,

문학이 죽고 인생이 죽고 사랑의 진리마저 애증의 그림자에 묻힐 때

木馬를 탄 사랑의 사람은 보이지 않는다.

세월은 가고 오는 것

한때는 고립을 피하여 시들어가고

이제 우리는 작별하여야 한다.

술병이 바람에 쓰러지는 소리를 들으며

늙은 여류작가의 눈을 바라보아야 한다.

등대에 불이 보이지 않아도 거저 간직한 페미니즘의 미래를 위하여

우리는 처량한 木馬 소리를 기억하여야 한다.

모든 것이 떠나든 죽든

거저 가슴에 남은 희미한 의식을 붙잡고

우리는 버지니아 울프의 서러운 이야기를 들어야 한다.

두 개의 바위틈을 지나 靑春을 찾은 뱀과 같이

눈을 뜨고 한 잔의 술을 마셔야 한다.

人生은 외롭지도 않고

거저 잡지(雜誌)의 표지처럼 통속하거늘

한탄할 그 무엇이 무서워서 우리는 떠나는 것일까?

木馬는 하늘에 있고

방울 소리는 귓전에 철렁거리는데

가을바람 소리는 내 쓰러진 술병 속에서 목메어 우는데.

우리의 현대문학은 버지니아 울프와 함께 시작되었다. 버지니아의 작품이 최초의 현대문학이라는 사실을 안 것은 나중의 일이었다. 지금 다시 읽어보니 감회가 새롭다. 시대가 변했다. 아니, 따지고 보면 아주 멀리 오래전부터 전조 현상이 있었다. 산업혁명을 기점으로 여성이 글을 읽고 저술하며 출판하는 시대가 도래했고, 책이라는 당대의 디지털 문명을 타고 영국의 여류 소설가 버지니아 울프가 여성의 독립을 호소하는 「자기만의 방」

(1929)을 출간했다. 페미니즘과 모더니즘의 현대문학이 탄생하는 순간이었다.

버지니아는 빅토리아 시대의 여성차별을 고발했다. 여성의 교육이 폐쇄되고 사회 진출이 제한되는 남성 중심의 문명사회를 비판하면서 여성이 사회·경제·자아의 측면에서 독립을 이루어야 한다고 주장했다. 여성주의의 관점에서 저술된 버지니아 울프의 「자기만의 방」에서 그녀는 자문자답하였다.

"만약 셰익스피어에게 그만큼 재능이 있는 누이동생이 있었더라면 무슨 일이 일어났을까?"

소설 속에 주디스라는 이름으로 등장하는 주인공은 오빠 셰익스피어가 라틴어로 책을 읽는 동안 학교에도 가지 못하고 노예처럼 집안일을 한다. 심지어 이웃의 나이 많은 양모 상인에게 시집갈 것을 강요받는다. 가출을 감행한 그녀는 런던의 연극무대를 찾았다. 그러나 그녀는 여자가 배우로 연기하는 것이 금지된 무대에서 남장하고 연기를 하다가 발각되어 쫓겨나고 성폭행을 당하여 임신한 채 거리에서 자살로 생을 마감한다.

아내를 사고파는 관습이 남아 있던 영국에서 재능있는 여자가 집안을 벗어날 때 어떻게 되는가를 설명한 책이 「자기만의 방」이다. 그래서 버지니아는 문학을 통해 여성이 독립하려면 작지만 자기만의 방을 가질 만큼 경제력이 있어야 한다고 역설했다.

문학 살롱 블룸즈버리의 여주인공

버지니아 울프(본명: 에덜린 버지니아 스티븐, 1982~1941, 영국)는 영국 사회에 일찍이 논란과 화제를 불러일으킨 여성 작가다. 그녀의 대표작에 해당하는 「댈러웨이 부인」(1925), 「등대로」(1927), 「자기만의 방」(1929)은 영문학사에서 현대소설의 효시로 인정받았다. 평생 저술한 50여 편의 작품에는 당시 영국의 여성이 겪는 비참한 신분 차별을 타파하고자 노력한 작가 혼이 담겨있으며, 그 정신의 맥은 미래에 페미니즘 문학의 등대로 불 밝혀졌다.

2015년 영국의 BBC가 영국을 제외한 외국의 평론가들을 대상으로 시행한 설문에서 가장 뛰어난 영문학 작품에 「등대로」(2위), 「댈러웨이 부인」(3위)이 상위권을 석권하여 그녀의 빛나는 위치를 새삼 확인시켜 주었다. 그녀의 책들은 하버드 대학생이 가장 많이 읽은 책에 속하고, 뉴욕타임스 선정 인류의 필독서로 소개되었으며, 서울대학교 도서관 대출 순위 TOP 100에 언제나 올라 있었다.

1950년대 한국의 모더니즘 시인 박인환은 그의 대표 시 〈목마와 숙녀〉에서 버지니아 울프를 목 놓아 불렀다. 도대체 그녀는 누구인가?

유명작가로 이름을 날리기도 한 버지니아 울프(이하 버지니아)는 개인사에서도 특별한 발자국을 남겼다. 아버지 레슬리 스티븐

경은 「영국 인명사전」(1885~1991)을 저술한 유명한 문인이자 케임브리지 대학의 교수였고, 어머니 줄리아는 프랑스 귀족의 딸이었다. 버지니아는 당시의 영국 귀족들이 흔히 그러하듯 버트런드 러셀처럼 공립학교에 입학하지 않고 가정 교육을 받았다.

성인의 나이로 치부되던 15세에 여자가 대학에 가는 것은 금지되어 입학하지 못했지만, 대신 왕립학교 '킹스 칼리지 런던'(King's College, London)에서 역사학과 그리스어를 공부하였고, 수료 후에는 수필가이자 공무원이었던 남편 레너드 울프의 헌신적인 후원 덕분에 문학의 길로 들어섰다. 버지니아는 성장기에 부친 덕분으로 당시 최고의 작가로 알려진 헨리 제임스, 조지 엘리엇 등과 교류하면서 문학적 감수성을 싹틔웠다. 그녀는 스스로 자부했다.

"나는 영국에서 쓰고 싶은 것을 쓸 자유가 있는 유일한 여성이다"

그러나 이러한 자부심 이면에 평생 우울증을 불러일으킨 어두운 그림자도 있었다. 세간에 널리 알려진 일화로 버지니아는 여섯 살 때부터 23세에 이르기까지 이복 오빠 조지와 제럴드에게 지속적인 성추행을 당하였다. 그로 인해 남성 혐오증에 시달리면서 훗날 레즈비언으로 동성 여인을 사귀기도 하는 등 심리적 부작용이 따랐다. 후에 그녀는 마침내 자살에 이르고 말았으니,

그녀의 삶에 대하여 뭐라 할 말이 없다.

버지니아의 천재성은 청년 시절부터 널리 알려졌다. 스스로 케임브리지 출신의 지식인들로 구성된 '블룸즈버리 그룹'을 만들어 지성적인 사고를 나누었다. 1905년에는 그 결과물을 타임스지에 기고하는 등 왕성한 활동을 전개하였다. 블룸즈버리 그룹에는 같은 문인이었던 친언니 바네사와 케임브리지 출신의 오빠 토비 스티븐, 남편이 될 문인 레너드 울프가 있었다. 또한, 경제학자 케인스, 평론가 클라이브 벨 등이 동참했다. 버지니아의 작가 수업은 일찌감치 집단지성의 영향을 받은 것이었다. 그녀는 30세가 되어 늦게나마 결혼도 했다. 오빠의 친구이자 블룸즈버리의 동료 레너드 울프의 집요한 구혼에 이렇게 답했다.

"저와 결혼하면 평생 성관계를 하지 않아야 하며, 공무원도 그만두고 내 문학 활동을 도와야 한다."

지금의 기준으로도 받아들이기 어려운 내용이었지만 레너드 울프는 놀랍게도 그 조건을 수락하였다. 레너드 울프는 평생 그 약속을 지켰다. 진짜로 공무원을 그만두고 호가스라는 출판사를 열어 그녀의 책을 출간하였다. 호가스는 이후 T.S 엘리엇, 캐더린 맨스필드의 작품들을 비롯해 유명한 문학인들의 저술을 인쇄하여 화제를 모았고 영국 최고의 출판사로 성장했다. 지고지순한 순애보였다.

버지니아 울프의 페미니즘

버지니아는 행동하는 문학인이었다. 저술과 강연, 언론 기고 등 왕성한 문예활동을 통해 모더니즘 및 페미니즘 문학의 서막을 열었다. 남녀평등을 위한 여성운동에도 앞장섰다. 그러나 철의 심장을 지닌 듯한 그녀에게도 종말은 찾아왔다.

1941년 3월 28일 그녀는 양쪽 외투 주머니에 큰 돌을 넣고 우즈 강으로 걸어 들어갔다. 자기 죽음을 예고한 시기에 선택한 죽음이었다. 자기 죽음이 남편과 가족 탓이 아니라 오랜 정신증 때문이라는 유서도 남겼다.

그녀의 자살에 대해 왈가왈부할 수는 없으나 죽음조차 평소 보여주었던 삶의 자세를 반영한 것에 대해 경이로움을 느끼는 사람들이 많았다는 사실을 상기한다.

버지니아의 생애와 죽음은 퓰리처상을 받은 소설 「The Hours」 (마이클 커닝햄, 2000)로 공개되었다. 2003년에는 골든 글로브 최우수상 작품상과 여우주연상을 받은 영화 〈디 아워스〉(버지니아 역할 니콜 키드먼)에서 그녀의 생을 다루었다.

버지니아는 소설가이자 비평가로서 영문학사의 모더니즘과 페미니즘을 개척한 위대한 작가이다. 그녀의 소설은 처음으로 의식의 흐름이라는 창작기법을 도입하였다. 그 기법은 독자들에게 세계와 자아의 관계를 이해하게 만드는 섬세함을 보여주었다. 굳이 여성 작가의 특징을 나타냈다고 편협하게 말할 수는 없으나 기존의 남성 작가라면 해내기 힘든 부분을 극복했다는 점에서 높이 평가할 만하다.

그녀의 작품들은 인간 내면에 흐르는 의식을 치밀하고 정교하게 좇아가는 소설기법을 보여주고 있다. 의식의 흐름은 작가 조이스와 포크너의 작품에도 나타나는 것을 보면 모더니즘의 시대가 도래했다는 것을 눈치챌 수 있다. 버지니아 울프는 평소 다음과 같이 주장했다.

"인간 모두가 평등하게 해방되어야 비로소 여성도 해방될 수 있다"

그녀는 이 발언을 통해 페미니즘의 의미를 깊이 있게 다루었다. 버지니아는 남녀 모두가 구원받는 유토피아적 페미니즘을 갈구했다.

버지니아에 꽂힌 한국문학

흥미롭게도 버지니아가 한국인에게 각인된 것은 박인환의 시 〈목마와 숙녀〉 때문이다. 명동 신사, 댄디 보이로 불리던 박인환은 김수영(1921~1968)과 함께 1950년대 모더니즘 문학의 서곡을 알린 문인이다. 그는 날개의 작가 이상을 가장 흠모하였고, 그로 인해 그의 작품에는 이상의 허무주의가 언뜻 비치기도 하였다. '인생은 통속적인 대중잡지의 표지에 지나지 않는다'라는 표현이 담긴 대표작 〈목마와 숙녀〉에서 그는 인생과 사랑을 노래했다.

현대소설의 문을 연 버지니아와 1930년대의 선배작가 이상에게서 문학적 영향을 받았던 박인환은 김수영 시인과 함께 모더니즘 문학을 펼쳤다. 박인환은 가수 나애심이 불러서 유명해진 노래 〈세월이 가면〉의 가사를 쓴 것으로도 유명하다.

〈세월이 가면〉

지금 그 사람 이름은 잊었지만

그의 눈동자 입술은 내 가슴에 있어,

사랑은 가고 과거는 남는 것.

여름날의 호숫가 가을의 공원,

그 벤치 위에 나뭇잎은 떨어지고 나뭇잎은 흙이 되고,

나뭇잎에 덮여서 우리 사랑이 사라진다 해도

… 내 서늘한 가슴에 있건만.

박인환이 시를 쓰던 일제 강점기에는 여러 분야에서 현대문명의 조류가 밀려들어 왔다. 산업기술 분야에서 근대적인 토목사업이 전개되었고, 과학 분야에서 아인슈타인의 상대성 이론과 양자물리학이 전해졌다. 그 연장선상에서 한국의 젊은이들에게 도 세계적 문학조류인 모더니즘이 밀려왔다. 〈향수(鄕愁)〉의 시인 정지용(1902), 「날개」를 쓴 이상(1910)을 비롯하여 김소월 (1902), 백석(1912), 윤동주(1917), 박인환(1926), 정병욱(1922) 등의 현대 문학가들이 탄생했다. 백석은 이상을 좋아했고, 오산고 선배인 소월에게 문학적 영향을 받았다.

윤동주는 백석의 출판기념 시집 〈사슴〉(1936)의 필사본을 가장 아끼며 백석을 흠모했다. 정지용은 윤동주의 유작인 〈하늘과 바람과 별과 시〉 시집의 서문을 썼다. 윤동주의 연희전문 후배 정병욱 서울대 교수(1922~1982)는 일제 학병에 끌려가기 전에 윤동주의 자필 원고를 본가의 마룻바닥 밑에 비밀스럽게 보관했다가 후에 유고 시집을 낼 수 있게 해주었다.

그들은 서로에게 영향을 받았다. 그리고 모두 비슷한 마음으로 〈서시(序詩)〉의 작가 프란시스 잠(1868~1938)이나 버지니아 울프의 작품세계를 동경했다. 정서적으로 버지니아가 한국의 현대문학에 미친 영향이 얼마나 특별한지를 짐작하게 하는 대목이다. 참고로 윤동주의 시 〈별 헤는 밤〉을 보자. 프란시스 잠을 비롯한 서구의 시인들이 그에게 끼친 영향을 살펴볼 수 있다.

〈별 헤는 밤〉

계절이 지나가는 하늘에는

가을로 가득 차 있습니다.

나는 아무 걱정도 없이

가을 속의 별들을 다 헬 듯합니다.

가슴속에 하나둘 새겨지는 별을

이제 다 못 헤는 것은

쉬이 아침이 오는 까닭이요,

내일 밤이 남은 까닭이요,

아직 나의 청춘이 다하지 않은 까닭입니다.

별 하나에 추억과

별 하나에 사랑과

별 하나에 쓸쓸함과

별 하나에 동경과

별 하나에 시와

별 하나에 어머니, 어머니

어머님, 나는 별 하나에 아름다운 말 한마디씩 불러 봅니다.

소학교 때 책상을 같이 했던 아이들의 이름과 패, 경, 옥,

이런 이국 소녀들의 이름과,

벌써 아기 어머니 된 계집애들의 이름과,

가난한 이웃 사람들의 이름과 비둘기, 강아지, 토끼, 노새, 노루,

프랑시스 잠, 라이너 마리아 릴케, 이런 시인의 이름을 불러 봅니다.

이네들은 너무나 멀리 있습니다. 별이 아스라이 멀듯이.

어머님,

그리고 당신은 멀리 북간도에 계십니다.

나는 무엇인지 그리워

이 많은 별빛이 내린 언덕 위에

내 이름자를 써 보고

흙으로 덮어 버리었습니다.

딴은 밤을 새워 우는 벌레는

부끄러운 이름을 슬퍼하는 까닭입니다.

그러나 겨울이 지나고 나의 별에도 봄이 오면

무덤 위에 파란 잔디가 피어나듯이

내 이름자 묻힌 언덕 위에도

자랑처럼 풀이 무성할 거외다.

문학의 판을 흔드는 자본의 힘

현대문학의 거장들은 누구일까? 그들의 작품세계는 어떻게 가능했을까? 러시아의 도스토옙스키(1821)는 평범한 신분으로 태어나 위대한 작가가 되었고, 귀족 출신의 레프 톨스토이(1828)는 자본의 혜택 속에서 글쓰기를 이루었다, 그들의 신분은 달랐지만 둘 다 당시의 출판자본(도스토옙스키)과 귀족 자본(톨스토이)의 네트워크 속에서 문학의 대업을 성취할 수 있었다.

평생 괴테와 교류한 천재 작가 쇼펜하우어(1788)는 염세주의로 자살 유발 바이러스를 유포했다고 하지만, 본인은 부유한 사업가 아버지에게 사업을 배우며 유복하게 성장하여 31세에 베를린 대학에서 헤겔을 경쟁자로 강의를 시작했다. 그는 부친의 유산과 문인이었던 어머니의 영향을 받았다.

버지니아는 귀족 자본을 배경으로 소녀 시절부터 천재성을 공인받을 수 있었다. 「생의 한가운데」(Mitte des Lebens, 1950)를 쓴 루이제 린저(1911)는 헤르만 헤세와 교류하면서 문학적 재능을 인정받았다. 라이너 마리아 릴케는 팜므파탈의 작가 루 살로메와 사귀면서 그녀 덕분에 톨스토이에게 소개되어 국제적 작가로 부상할 수 있었다.

문학의 판을 흔드는 힘, 그것은 천재성을 뒷받침하는 네트워크와 자본이었다. 버지니아 울프의 현대문학은 거대한 제도의 시스템에서 탄생했다. 버지니아는 블룸즈버리의 문학 서클 속에서 지식을 쌓았다. 남편 레너드 울프의 헌신과 자본력 덕분에 안정적인 글쓰기가 가능했다. 문학사조의 네트워크는 자본뿐 아니라 정보력도 제공한다. 「행복의 정복」(1930)으로 노벨문학상을 받은 버트런드 러셀 역시 영국의 권력과 귀족문화의 배경 속에서 힘을 얻었다. 러셀의 문학은 요즘 시선으로 볼 때 소설이나 시 같은 순수문학(?)이 아니었다. 일종의 칼럼집이다. 영국의 국력과 러셀의 신분, 탄탄한 네트워크는 노벨문학상 수상의 이익을 가져다주었다.

페미니즘은 역시 단순히 남녀의 젠더 대립이라는 이분법적 이데올로기로 성립된 것은 아니었다. 자본이 뒷받침하는 신분과 재력, 동시대의 지적 네트워크가 만들어 낸 기적이었다. 페미니즘의 전사로 우뚝 선 여성들의 신분과 네트워크, 자본력이 뒷받침되었다.

그래서, 성 평등을 바라보는 시각과 문학의 판도를 가늠하는 잣대는 미래지향적이어야 하지 않을까 싶다. 19세기 말에서 20세기 초에 영문학의 주류는 칼럼 형태의 사회개조론이나 시가 주류를 이루었다. 단단한 형태의 계몽적 주류 문학을 깨트리고 현대소설이 태어난 것은 남성에 대한 증오가 아니라 그것을 뛰어넘는 성 평등의 유토피아를 담았기 때문이다.

'버지니아 울프'는 아내 버지니아와 남편 울프와 하나가 되어 사랑하고 협력한 결과물이다. 그 덕분에 우리는 모더니즘과 페미니즘의 현대소설을 맞이할 수 있었다. 한국이 문학과 지성의 꽃을 피우고 싶으면 자본의 판을 성 평등 실현과 집단지성의 구성에 맞추어야 한다. 재벌과 정치, 교육계와 대형출판사 등 국력의 근간이 페미니즘을 지원하는 기조로 바뀌어야 한다. 성 평등이 이루어지면 평화롭고 질 높은 문화가 형성된다. 행복한 사회는 남녀가 모두 평등하고 협력할 수 있는 구조 속에서 만들어지는 것이다. 페미니즘은 내일의 행복이 아니라 오늘의 행복이어야 한다.

쓸쓸한 영혼의 소유자, 여류작가!, 그들의 뎐(傳)을 이어가며 단순히 비극적인 천재성만을 부각하려는 뜻은 없다. 다만 하나의 문학적 조류가 어떻게 형성되는지 그에 끼치는 영향이 무엇인지 조금이라도 살펴보면서 세상과 자아의 교류를 고민하고자 하였다.

08 봄날의 가벼운 작가, 요시모토 바나나

일본 젊은이들의 아픈 꿈을 치유하고자 몸부림친,
잔혹 성인 동화 작가

봄날의 가벼움처럼

위대한 화가인 동시에 20세기가 낳은 그래픽 아트의 거장 앙리 마티스는 그림은 물론이고 판화, 일러스트, 책 도안, 그래픽 디자인에 이르기까지 폭넓은 분야에 두각을 나타낸 작가로 유명하다. 평론가 윌리엄 리버만은 "일러스트 분야에서 당대에 그를 뛰어넘을 수 있는 예술가는 아무도 없었다"라고 평가했다. 지난 봄날 제주도립미술관에서 열린 앙리 마티스(1869~1954)의 작품전에서 정작 눈길을 끈 것은 미끈한 그림 사이의 아크릴판에 적힌 그의 독백이었다.

"나는 항상 내 노력을 숨기려고 노력했고, 사람들이 내가 작품을 위해 얼마나 큰 노력을 기울였는지를 결코 추측하지 못할 정도로 내 작품이 '봄날의 가벼운 기쁨'을 가지고 있기를 바랐다."

이 말 앞에서 나는 한참을 부끄러워했다. 자화자찬에 능한 나는, 왠지 그래야만 할 것 같아서다. 미국이 낳은 팝 아트의 제왕 앤디 워홀(Andy Warhol, 1928~1987)은 언론 인터뷰에서 마티스를 언급했다.

"당신은 무엇이 되고 싶은가?"

"마티스가 되고 싶다."

언젠가 기어이 마티스가 되고 싶어 했던 앤디 워홀은 마침내 능력 있는 예술가가 되었지만, 평생 애써 마티스가 되고 싶지 않왔던 나는 그저 요 모양 요 꼴로 산다. 그래도 이따금 광화문 뒷골목 작은 커피숍에 걸린 마티스의 판화 그림을 볼 때면 가슴 깊이 스며드는 편안함을 느낀다.

도대체 거장(巨匠)들은 무엇으로 사는가? 요시모토 바나나를 쓰면서 굳이 앙리 마티스의 예술세계를 대비시키려는 것은 결코 아니다. 화가와 작가의 차이를 말하려는 것도 아니다. 다만 호수의 빛나는 물결 위에 가볍게 유영하는 백조의 '물속 치열한 두 발'처럼 천재들의 이면에 잠긴 노력을 생각했다.

요시모토 바나나(1964, 도쿄)는 하위문화(subculture)의 문학을 통해 일본인의 서정을 '봄날의 가벼움'처럼 표현하고 있다고 비평가들은 입을 모은다. 「키친」(1988), 「암리타」(1995), 「도마뱀」(1999), 「아르헨티나 할머니」(2006) 등의 작품이 한국에 번역되어 소개되었다. 이들 작품에는 가족 구성원의 의미, 독립적이고 객관적인 인간관계의 중요성, 우정과 사랑의 언저리에서 맴도는 연애와 슬픔의 본질, 그리고 가벼운 이별이 담겨있다. 질척거리지 않는 정서, 깔끔한 스토리의 전개, 심각한 슬픔이나 대단한 금기들을 심연에서 끌어올리기보다는 아무렇지도 않게 무의식에 저장하는 모습을 보여주고 있다. 서브컬처(Subculture)의 이야기들은 여인의 엷은 화장처럼 속살이 보일 듯 말 듯하다. 속마음의 판단을 독자들에게 전적으로 맡기고 있는 작가의 '속마음'이 궁

금해지는 대목이다.

그 가벼움은 한국에 '일본 문학의 붐'을 일으키는 계기가 되었고, 세계적인 서정의 공감대를 형성했다. 요시모토 바나나(이하 바나나)는 예술의 나라 이탈리아에서 세 번이나 연거푸 '이탈리아 문학상'을 수상했으며, 일본 국내보다 훨씬 많은 독자를 보유하고 있다. 비근한 예로 「개미」의 작가 베르나르 베르베르(1961, 프랑스)는 프랑스에서보다 한국에서 더 많이 알려져 있고 책도 한국에서 대부분 팔렸다. 「상실의 시대」 작가인 무라카미 하루키(1949, 교토)와 「로마인 이야기」의 작가 시오노 나나미(1937, 도쿄) 역시 한국에서 더 인기가 높다. 바나나의 책이 한국에서 많이 팔린 것은 상처가 많은 한국의 젊은이들에게 치유의 공감대를 자극한 탓이다.

열정의 붉은 꽃 바나나

요시모토 바나나는 필명이고 본명은 요시모토 마호코이며 닛폰 대학교 문예학부를 졸업했다. 그녀는 베이비붐 세대이다. 1987년 20대의 청춘 시절에 등단하여 카이엔 신인 문학상, 이즈미 쿄카상, 야마모토 슈고르상, 타니자키 준이치로상 등 굵직한 문학상을 받았다. 특히 1988년에 펴낸 「키친」이 200만 부 판매를 기록하며 일본은 물론 한국, 이탈리아, 프랑스, 미국, 독일, 스페인 등 유럽에서도 명성을 얻었다.

그 자신 자유로운 영혼을 지향하여 필명을 열대에 피어나는 붉은 바나나 꽃을 따 '바나나'로 정했다. 서정적인 바나나의 작품이 세계적 공감대를 형성하게 된 배경에는 그녀 스스로 세계인이 되겠다는 일생의 각오 같은 것이 작용한 것이 아닐까 싶다.

한국이 낳은 천재적 가수이자 연예 기획자인 박진영에게 재미있는 성공 신화가 있다. 그가 성공을 꿈꾸며 뉴욕에 진출했을 때 내걸었던 캐치 플레이가 '한국적인 것이 세계적이다'였다. 결과는 실패였다. 뉴욕의 큰 손들은 한국과 한국적인 것에 관심이 없었기 때문이다. 실패를 통해 교훈을 얻은 박진영은 용모와 패션을 바꾸고 캐딜락을 탔다. 캐치 플레이도 바꿨다.

"세계적인 것이 세계적이다."

그러자 기적이 일어났다. 한국적인 것을 세계적으로 바꿀 수 있는 지점이 보였다. 시야도 넓어졌다. 박진영은 그 경험을 바탕으로 귀국하여 기획사 JYP를 세우고 지금까지 성공 가도를 달리고 있다. 바나나의 성공 신화 역시 이와 비슷한 것이 아니었을까? 그녀는 일본적인 문학 감성의 모드를 세계적인 문학 감성의 모드로 전환하려고 노력했다. 이름도 바꿨다. 문체도 세계인의 공감대를 살만큼 유연해졌다.

바나나는 전 세계 여러 지역에 열성 팬들을 갖고 있다. 행복한 작가다. 바나나는 매우 진보적 문인이었던 아버지의 영향과 도쿄에서 태어나 일본대학에 다니며 찐 일본인으로 성장한 배경과 한계에서 벗어나 '자신만의 의식세계'를 형성하고자 노력했다.

흥미로운 것은 바나나의 가족사에서 차지하는 그녀의 부친 요시모토 다카아키(1924~2012)이다. 다카아키는 전후 일본 진보진영의 정신적 지주 역할을 해 온 거장이다. 그는 진보적 시인이자 평론가로서 일본 현대 정치의 이데올로기에 영향을 끼쳤다. 요시모토 다카아키는 제2차 세계대전 이후 여전히 반성이 없는 일본 정치에서 전쟁 책임론을 제기하며 사회 개혁에 앞장을 섰다.

이러한 그의 '행동하는 지식'은 1960년대 극렬했던 학생운동에 큰 영향을 끼쳤고, 전후 일본의 존재 방식에 대한 철학적 물음을 던지게 했다. 그 물음은 저서 「공동 환상론」(1964)에서 「빈곤과 사상」(2008)에 이르기까지 일관되게 이어졌다. 다카아키의 저술 활동은 일본의 락 음악과 만화, 패션에 이르기까지 광범위하다. 「매스 이미지론」(1984), 「하이 이미지론」(1989) 등 저서에는 현대의 패션과 디자인, 음악의 세계가 폭넓게 담겨있다는 평을 받고 있다.

요시모토 다카아키의 문학세계야말로 거장 앙리 마티스의 예술세계와 견줄 만큼 흥미롭다. 지금까지도 일본 국내에서는 딸 바나나보다 아버지 요시모토 다카아키의 문학적 지위가 중요시되고 있다.

일각에서 '바나나는 아버지의 후광을 얻어서 성공했다'라는 평이 있지만, 나는 그렇게 생각하지 않는다. 아버지의 문학세계가 딸에게 영향을 끼치지 않았다고 할 수는 없지만, 부녀의 문학세계는 색감이 매우 다르다.

딸 바나나가 부친의 정신세계를 이어받아 학생 운동권의 주역으로 활동한 흔적도 찾을 수 없다. 애틋한 부녀간의 정서 교환에 대한 스토리도 부재한 편이다. 베이비붐 세대를 키웠던 전쟁 전후 시대의 아버지들은 대체로 가족을 부양하기보다는 생활고에 시달리며 시대의 아픔에 희생된 세대라고 할 수 있다. 자녀교육을 생각할 겨를도 없는 전쟁 세대이다.

바나나는 비교적 평범한 대학의 문예학과를 졸업하고 신춘문예에 당선되어 문단에 나온, 전형적인 문학인의 길을 걸었다. 금기 어린 주제를 이따금 소설 속에 등장시켰지만, 아버지 다카아키처럼 그 문제들을 사회 개혁의 혁신(revolution)으로 가져가지는 않았다. 그렇다고 사회문제를 아예 외면한 것은 아니었다. 심각한 사회적 슬픔에 비판하는 언급을 하기도 하였고, 한국의 세월호 희생자들에게 애도를 표하는 트윗을 싣기도 했다.

그러나 대체로 그녀의 작품들은 갑남을녀의 외로운 일본인 젊은이들이 어찌어찌 살아가며 서로의 상처를 치유하는 '치유의 문학성'을 중시했다. 만화 같은 스토리 전개는 자극적이지도 짜지도 않다. 그녀는 아버지를 닮지 않았다. 물론 닮지 않았다고 부녀간에 정이 없다고 할 수는 없다. 그건 그분들 가족의 문제이다. 바나나가 나와 비슷한 세대임을 고려하면, 우리 베이비붐 세대가 가장 듣기 싫은 말 가운데 하나는 이럴 것이다.

"넌 나이 먹어가며 어쩜 그렇게 네 아버지를 닮니? 똑같다."

이 말에 절망을 느낄 때가 있다(내 경우). 그렇다고 아버지에 대한 존경심이 전혀 없는 것은 아니다. 바나나는 자신의 필명에 대해 매우 열정적으로 설명한 적이 있다.

"열대 지방에 피어나는 붉은 꽃 바나나를 좋아하는 것은 성별과 국적을 뛰어넘는 정열의 꽃이기 때문입니다."

그래서인지 그녀는 전 세계에 걸쳐 국적과 성별을 초월하여 열정적인 팬들을 갖고 있다.

금기를 다루는 파스텔 색조의 문장 소묘

가끔 앙리 마티스의 그림처럼 바나나의 글에서 익숙한 친근감이 묻어나는 이유는 무엇일까? 언제든 생활 속에서 발견되는, 그러나 드러내서 말하지 못하는 간통, 레즈비언, 근친상간, 자살 같은 두려운 주제에 '간(肝)이 작은' 독자들도 평범하게 접근할 수 있기 때문은 아닐까? 금기(Taboo)를 부드럽게 다루는 글솜씨에는 오히려 '간이 큰' 작가의 뚝심을 실감할 수 있다.

문장은 담백하고 문체는 간결하다. 별생각 없이 쉽게 읽히는 듯싶지만 읽고 나면 천재 기사 이창호의 바둑판처럼 복기(復棋)하기 어렵다. 거의 전적으로 민음사에서 편찬한 바나나의 글은 주로 일본어 번역가 김난주에 의해 번역되었고, 김 작가는 바나나의 심연을 파스텔 색조의 소묘로 그려내고 있다.

18세의 소녀 미쓰코와 왕따인 중년의 이국적 여성 아르헨티나 할머니(유리)를 주인공으로 한 「아르헨티나 할머니」에는 간통과 사생아, 근친상간의 성적 유희, 갈등을 극복하고 밝은 미래를 꿈꾸는 소녀 가장의 희망이 담겨있다. 낯선 주제이지만 읽다 보면 어느새 푸근한 인간애가 느껴진다. 핏줄을 뛰어넘어 얽혀지는 가족 구성원의 결합구조는 한국의 가족 정서에는 없는 DNA다. 구조적 인생의 슬픔을 씻어내는 주인공 미쓰코와 함께 '홀로서기의 용기로 터치(a touch)되는 마음의 경쾌함'을 느낄 수 있다면 독자로서 더할 나위가 없을 것이다.

"슬픔과 그리움보다 즐거웠던 일들이 무수히 되살아나고, 아무리 복잡한 길거리에서도 그날 날씨에 상관없이 신선한 공기가 싸하게 가슴으로 흘러들어온다. 마치 기적처럼"

「아르헨티나 할머니」에 등장하는 가족 구성원의 관계성은 보육원이나 난민캠프에서 맺어진 인연을 방불케 한다. 그들이 가족을 이루는 동력은 뻔하지 않다. 인간애와 동정 같은 후천적 정서가 낳은 가족애도 아니다. 타자에 대한 공감의 완성이다. 공감은 자신에 대한 긍정으로부터 출발한다. 내가 사는 세상이 아름다움으로 물들게 되면 비로소 타자와 동반할 수 있다.

그녀의 작품 「키친」은 외로움의 정서를 회화적으로 표현한 수작(秀作)이다. 이 글에서 인용하고 소개하는 소설 「키친」 역시 민음사에서 김난주 씨가 옮긴 작품이다. 소설의 시작에서, 어린 나이에 부모를 잃고 조부모에게 자랐으며 지금은 그마저 상실한 주인공 사쿠라이 미카케가 어릴 적 친구 다나베 유이치의 집에서 신세지며 한 첫 한마디는 이렇다.

"내가 이 세상에서 가장 좋아하는 장소는 부엌이다"

부엌을 두고 그녀는 말한다.

"그것이 어디에 있든, 어떤 모양이든, 부엌이기만 하면, 음식을 만들 수 있는 장소이기만 하면 나는 고통스럽지 않다."

다나베 유이치의 가정은 복잡하다. 아니, 복잡이란 설명을 붙이기 어려운 면이 있다. 유이치의 보호자는 친부인지 아닌지도 불분명한 여장 남자 에리코, 그녀는 술집을 출입하면서 유이치를 키웠고, 어느 날 소설처럼 슬그머니 죽는다.

출생의 비밀, 혼성 가족, 트랜스 젠더 같은 동성애, 친구와 연인의 사이, 그 감정을 넘나드는 호감 느낀 남녀의 이야기, 키친은 그렇게 잔혹 동화처럼 읽힌다. 그런데 왜 키친일까? 그건 아마도 부엌이 요리를 위해 모든 재료가 동원되는 장소이기 때문은 아닐까? 이미 드러나 버린 인간의 감정은 완성된 요리와 같지만 그 안에 담긴 재료와 만드는 과정은 생각과 행동의 총합이다.

부엌처럼 인간 세상은 애증이 버무려지는 곳이고 마침내 좋든 싫든 함께 살아가야만 하는 장소이다. 「키친」의 번역가 김난주는 옮긴 이의 말에서 「키친」에 대해 촌평했다.

"「키친」은 기본적인 테마인 상처 깊기를 비롯하여 우리란 인간형에서 볼 수 있는 오컬트적인 요소, 유이치의 엄마이며 동시에 아버지인 에리코가 상징하는 양성구유 요소 등, 모두가 바나나의 바탕을 이루는 것이다. 따라서 작품집 「키친」을 읽는 재미는 행복한 환상처럼 우리들의 상처를 소리없이 감싸 안는 따스한 이들과 만남, 동시에 요시모토 바나나 문학의 원형과 만남에 있을 것이다"

그리움은 고통과 고독이 만나는 꼭짓점

요시모토 바나나의 작품을 모두 다루고 싶은 마음은 저만치 미뤄둔다. 그건 지면의 한계 때문만은 아니다. 나는 그저 그녀의 대표작만으로도 충분히 행복하고 마음이 잔잔해진다. 그녀의 책을 읽다 보면 나는 어릴 적부터 '요시모토 바나나 다 읽었다'라는 착각에 빠진다. 허망한 일이지만 말이다. 그녀의 책이 말해주는 요지는 이렇다.

"사람들의 헤어짐은 호불호의 결과나 특별한 원인이 작용한 것으로 생각하는데 실은 그렇지 않다. 봄이 가면 여름이 오고, 여름이 가면 가을이 오듯 만남의 인연이 다한 것뿐이다. 그 시기가 온 것이다."

"인생은 언제나 어디서든 지금의 고통이 지나면 희망이 생길 것으로 생각하며, 이런저런 꿈을 꾸고 계획을 세운다. 착각이든 아니든 인간은 본디 그런 존재이다."

"절망과 희망이 교차하는 인생은 울 일이 있으면 울어야 하고 미쳐버릴 일이 있으면 미쳐야 하지만 본질에서는 비를 맞고 선 싱싱한 나무들 같지 않은가."

"나란 인간 자체는 부모의 꿈이었으니까 나는 살아만 있어도 누군가의 꿈 자체인 거야."

어찌 보면 내 어설픈 문학 에세이에 요시모토 바나나의 문학세계를 담는 것은 무리일지도 모른다. 다만, 잠시 그녀의 이야기와 작품에 대해 눈길 한번 주고 싶었다. 갈수록 삭막해지는 세상사와 멸절의 기후환경 앞에서 초라해지는 자화상을 들여다보다가, '이 또한 지나가리라'라는 속언을 떠올렸고, 다시 「키친」을 집어서 읽었다. 그리고 생각했다.

"그리움이란, 갈등의 다리를 건너 고통과 고독이 만나는 꼭짓점이다. 그리움을 알면 사랑하게 되고 사랑하게 되면 동반할 수 있다."

나는 바나나의 시선이 그렇다고 느껴졌다. 오늘은 다시 또 행복한 하루다.

09 모더니즘 시 문학의 샛별 에밀리 디킨슨

모더니즘의 시를 연 천재,
평생 흰옷만 입은 여인

이미지즘의 여류시인

에밀리 디킨슨(1830~1886)은 미국 매사추세츠 애머스트 출신의 여류시인이다. 그녀는 변호사이자 정치가인 에드워드 디킨슨과 에밀리 크로노스의 둘째 딸로 태어났다.

에밀리 디킨슨(이하 에밀리)은 평생 애머스트의 자택에서 두문불출하며 시를 쓰고 편지로 소통했다. 17세에 신학교 계열의 명문 '마운트 홀리요크 칼리지'에 입학하여 수학하였으나 1년 후 중퇴하여 남은 생애를 홀로 살기로 일관했다. 건강이 좋지 않았고 성격이 예민하였으며 그 결과 대인기피증을 앓아서 타인을 멀리했다는 소문이 있다. 그렇지만 여전히 천재 시인의 면모와 활발한 편지 왕래 등을 생각하면 고립의 원인이 다른 곳에 있음을 짐작할 수 있다.

에밀리는 평생 외롭게 지내며 형식에 얽매이지 않는 매우 독창적인 시를 썼다. 의미심장한 그녀의 시편에서 죽음, 불멸, 자연, 꽃, 내면의 심리가 다루어졌고, 독특한 문구 (-) 등이 사용되어 평론가들을 당황하게 했다.

예일대 영문학부 교수이자 최고의 평론가로 불리던 해럴드 블룸(1930~2019)은 에밀리를 서구의 시인 중에서 가장 독창적인 정신이 담긴 시를 쓴 시인으로 평가했다. 에밀리가 쓴 시들의 낯선 문구는 미국에 모더니즘 시문학의 탄생을 가져왔다. 샛별이 뜬

것이다.

에밀리는 19세기 영국 런던에서 시작되어 미국에 상륙한 모더니즘 문학의 초기 구성원에 속한다. 나아가 그녀는 모더니즘 시문학의 서장을 열었던 월트 휘트먼(1819~1892)과 함께 후대에 모더니즘 시문학의 아버지와 어머니로 불릴 만큼 위대한 시인으로 평가된다. 그녀는 나의 「높고 쓸쓸한 영혼 여류작가들」 시리즈에 등장하거나 언급된 소설가들 즉, 「오만과 편견」의 제인 오스틴, 「댈러웨이 부인」의 버지니아 울프와 어깨를 나란히 할 만큼 뛰어난 작가이다. 무엇보다 이 책에서 유일하게 소개되는 시인이기도 하다.

특히 에밀리는 모더니즘 문학의 핵심에 속하는 '이미지즘'을 시작(詩作)의 기법으로 채택하여 사후(死後)에 후대의 문학인에게 깊은 영향을 끼쳤다. 이미지즘(imagism)은 표현에 도움이 되지 않는 단어는 배제할 것, 주관적이건 객관적이건 사물을 직접 다루어 볼 것을 강조하고 있다.

모더니즘은 제1차 세계대전을 겪으며 영국과 미국, 유럽의 사회 각 분야에 불어닥친 새로운 경향이라고 할 수 있다. 모더니즘은 1900년대 초부터 1940년대 초까지 문학 장르에 큰 영향을 끼쳤다. 문학에서 종교적 관념과 미사여구, 서사적인 낭만주의는 점차 생략되었다. 고정된 양식이나 규칙에 따라 작품을 짓는 방식에 거부감을 보였고, 오히려 잔혹하고 분열된 사회상과 인간 내면의 슬픔을 담아냈다. 모더니즘 계열의 작가는 거대한 전쟁을 겪으며 나타난 인류적 비극에 주목하였고, 지면에 신의 세계를 떠나 인간의 세계를 사실 그대로 드러내고자 노력하였다. 그들은 자유의지로 시와 소설에 다양한 문화를 그려내는 것을 창작의 목표로 삼았다. 의식의 흐름대로 글을 쓰고 사물의 사실(fact) 확인에 주저함이 없었다.

에밀리의 작품은 초기 모더니즘 작가들에게 직접적인 영향력을 행사하였다. 예이츠(1871~1957), T.S 엘리엇(1888~1965), 실비아 플라스(1932~1963) 같은 모더니즘 문학가들의 작품이 에밀리의 뒤를 이었다. 이 시기에 한국의 현대문학에도 모더니즘의 바람이 불었다. 「날개」의 천재 시인 이상(1910~1937)과 함께 당대의 문학인들로 꼽히는 정지용, 김기림, 이태준, 박태원 등이 새로운 문학사조의 꽃을 피웠다.

내가 만일 한 사람의 가슴앓이를 달랠 수 있다면
내 삶은 절대 헛되지 않으리

천사들이 – 두 번이나 내려와
내 가진 것들을 도로 빼앗아 갔지.

도둑놈! 은행업자 같은 - 하나님 아버지시여!

내가 또다시 가난해지다니!

- 에밀리 디킨슨

날개야 다시 돋아라

날자. 날자. 날자. 한 번만 더 날자꾸나.

한 번만 더 날아 보자꾸나.

- 이상

모더니즘 시문학의 상관관계는 에밀리 디킨슨과 이상의 문학을 이어주는 사조(思潮)이다.

평생 흰색 옷만 입은 이상한 여인

에밀리는 평생 흰색 옷만 입었고, 웬만하면 집 밖으로 나가지 않았다. 평소 귀여워했던 조카들에게 손수 쿠키를 구워서 전달할 때도 2층 창가에서 줄 바구니에 담아 내려보냈다. 이만하면 정신병자로 취급받을 만하다. 죽음의 빛깔 흰옷의 그 여인 에밀리가 한국에 소개된 건 '한 사람'의 한결같은 '에밀리 사랑' 덕분이다. 에밀리를 소개한 사람은 서강대 영미문화과 교수인 장영희(1952~2009, 뉴욕주립대 영문학 박사)였다.

　장영희 교수는 하버드대 초빙교수를 역임할 만큼 화제의 인물이었지만, 어릴 적(1953) 소아마비에 걸려 두 다리와 오른손을 쓰지 못하는 장애인의 삶을 살았다. 그녀는 1999년부터 이해인 수녀, 법정 스님, 수필가 피천득과 함께 〈월간 샘터〉의 고정 집필자로 참여하여 독자들에게 오랫동안 따뜻하고 진솔한 이야기를 전해주었다. 장 교수는 향년 56세에 말기 유방암으로 사망할 때까지 집필과 수업을 멈추지 않았다. 그녀의 마지막 수필집 「살아온 기적, 살아갈 기적」은 사후에 발표되었다. 출간 직후 주요 서점에서 베스트셀러 1위를 차지했고, 유족은 인세 등 5억 원의 재산을 그녀의 모교 서강대에 장학금으로 출연(出捐)하였다.

　내가 만약 누군가 마음의 상처를

　막을 수 있다면 헛되이 사는 것 아니리

　내가 만약 한 생명의 고통을 덜고

　기진맥진해서 떨어지는 울새 한 마리를

　다시 둥지에 올려놓을 수 있다면

　내 헛되이 사는 것 아니리

　　　　　　　　　- 장영희 수필,「에밀리 디킨슨의 시에 대하여」, 2009

장영희 교수는 에밀리의 시를 좋아했고 자신의 작품에 매우 비중 있게 다루었다. 장 교수는 병상에서 죽어가며 에밀리의 시〈희망은 한 마리 새〉를 독자들에게 소개했다. "희망은 우리의 영혼 속에 살짝 걸터앉은 한 마리의 새와 같다"라며 생명이 있는 한 희망은 있는 것이라고 속삭였다.

〈희망은 한 마리 새〉

희망은 한 마리 새
영혼 위에 걸터앉아
가사 없는 곡조를 노래하며
그칠 줄을 모른다.

바람 속에서도 달콤하디 달콤하게 들려온다.
그러나 폭풍은 쓰라리게 마련,
작은 새들을 어쩔 줄 모르게 하지
그렇게도 따뜻한 것들을.

나는 그 소리를 매우 추운 땅에서도,
아주 낯선 바다에서도 들었다.

그러나 아무리 절박한 때에도

희망은 내게 빵 한 조각 청하지 않았다.

– 장영희,「영미 시 산책」(에밀리 디킨슨 시, 2006)

　장 교수의 인생 고백은 감동이라는 단어로 표현하기에도 벅찬 부분이 있다. 그녀는 2004년 조선일보 고별 칼럼《문학의 힘》(출처, 나무위키, 2024)에서 "뒤돌아보면 내 인생에 이렇게 넘어지기를 수십 번, 남보다 조금 더 무거운 짐을 지고 가기에 좀 더 자주 넘어졌고, 그래서 어쩌면 넘어지기 전에 이미 넘어질 준비를 하고 있었는지도 모른다. 그러나 신은 다시 일어서는 법을 가르치기 위해 넘어뜨린다고 나는 믿는다. 넘어질 때마다 나는 번번이 죽을 힘을 다해서 다시 일어났고, 넘어지는 순간에도 다시 일어설 힘을 모으고 있었다. 그리고 그렇게 많이 넘어져 봤기에 내가 조금 더 좋은 사람이 되었다고 난 확신한다."라고 썼다.

　이어 2005년에는 KBS 1TV〈낭독의 발견〉에서 '암 투병 교수와 감옥으로부터의 편지'가 방영되었다. 출연자는 장영희 교수였다. 장 교수는 생애 최고의 시인으로 만55세에 사망(장 교수 역시 만55세 사망)한 은둔의 시인 에밀리 디킨슨이 사후에 1,700편의 시를 남겼다면서 이렇게 소개했다.

　"사람들은 평생 은둔하며 흰옷만 고집한 그녀를 시인으로 인식하지 못했지만, 그녀는 죽을 때까지 희망의 시를 지었다."

장 교수는 에밀리의 시처럼 '소중한 생명을 얻어 태어나 손톱만큼이라도 좋은 일을 해야겠다는 생각을 하게 되었다'고 고백했다. 또 자신에게 오는 편지의 85%는 수인(囚人)들의 서신이라고 하면서 안양 교도소에 갇힌 50대의 폭행범이 신문에 실린 장 교수의 영시 소개(에밀리 디킨슨)를 접하면서 '자신의 삶을 돌아보게 되었다'는 편지 사연을 공개하였다.

편지가 달빛에 젖으면 문학이 된다

에밀리는 평생 편지를 썼다. 사후에 그녀의 방에서는 2,000여 편의 시와 상대방에게 발송하기 전에 남겼던 수천 편의 편지 초고가 발견되었다. 여동생 라비니아는 시와 편지를 출간하기로 마음먹었다. 이후 에밀리의 작품은 「에밀리 디킨슨 시집」(히긴슨&루미스 토드, 1890), 「에밀리 전집」(토머스, H, 존슨, 1955), 「디킨슨 시집」(루미스 토드, 마사 디킨슨 비안치, 포드 빙엄, 1891~1957) 등으로 꾸준히 출간되었다. 살아생전 5편의 시만이 19세기 미국의 평판 좋은 진보적 신문 매체 〈스프링필드 리버블리컨〉(발행인, 새뮤얼 볼스)에 실렸었다.

최근 한국에도 에밀리의 작품집이 번역되어 본격적으로 선보이기 시작했다. 그녀의 생애와 시, 편지는 민음사에서 펴낸 에밀리 디킨슨의 서간집 「결핍으로 달콤하게」(2023, 옮긴 이 박서영)와 을유문화사의 「에밀리 디킨슨 시 선집」(2023, 옮긴 이 조애리), 인서트에서 출간한 「영문학 스캔들」(2015, 서수경) 등에 비교적 상세히 소개되어 있다.

지지향(紙之香, 종이의 향기)의 편지는 문체로 따지면 '달빛체'다. 누구든 편지를 쓸 때면 그 마음이 달빛에 젖지 않는 이 있으랴. 편지는 시와 소설이 아니고 고전(古典)과 노래가 아니다. 다만, 편지는 '시를 쓰려는 마음'이고 '소설을 이루려는' 몸짓이다. 시인의 편지는 소설을 이루고, 외로운 사람의 편지는 별밤을 밝힌다. 월트 휘트먼과 함께 19세기 미국이 낳은 최고의 시인으로 찬사를 받은 에밀리 디킨슨은 편지의 여왕이기도 했다. 그녀는 왜 평생 헤아릴 수 없이 많은 편지를 썼을까? 왜 허난설헌처럼 죽을 때 자신의 모든 글을 불태우라고 유언했을까? 그녀는 평생 독신으로 지내며 두문불출하였고, 항상 흰옷만을 입었으며(별명 뉴잉글랜드의 수녀), 사랑, 신, 자연, 죽음, 꽃과 새, 계절을 소재로 한 서정적인 시를 쓰고, 친구와 지인들에게 수천 통의 편지로 소통하는 '평범하면서도 특이한' 생활을 고수하였다. 에밀리의 속삭임을 듣는 것은 행복한 일이다.

〈결핍으로 달콤하게〉

공기는 이탈리아만큼이나 부드럽지만,

그것이 저를 건드릴 때면 저는 한숨과 함께 그것을 내쳐버리죠.

당신이 아니니까요. …사랑하는 이여,

오늘은 아름다운 날이었어요. 오로지 당신에게 바칠 수 있었으니

- 제 가냘픈 손으로 멀리 있는 당신의 희망에 부드럽게 전해주었

어요 -

초여름은 서둘러 떠나버렸고,

어렴풋이 다가오는 한가로움은 자연의 분주함을 덮어 버리네요.

- 에밀리, 연인 로드 판사에게 「결핍으로 달콤하게」, 민음사

에밀리가 결핍으로 달콤하게 사랑한 연인 오티스 로드 (1812~1884)는 에밀리보다 18세 연상의 변호사였다. 아버지의 절친한 벗이기도 했던 로드는 애머스트 칼리지와 하버드를 졸업하였고, 고등법원 판사와 대법원 대법관을 지냈다. 어릴 적부터 오랫동안 편지로 교제했던 로드와 연인으로 맺어진 시기는 부인 엘리자베스 사망(1877) 때부터였으나, 로드의 질녀 에비와 에밀리의 올케 수전(절친이자 동성의 연인(?))의 반대로 결혼에 이르지 못했다.

에밀리를 극진히 사랑했던 로드는 그녀가 죽기 2년 전에 먼저 세상을 떠났으니, 이루지 못한 두 연인의 사랑이 못내 안타깝다. 시인 에밀리의 사후에 발견된 발송 편지 초고의 내용은, 로드에 대한 사랑과 결핍의 애정으로 얼룩져 있다. 달이 지고 별이 뜨는 밤에, 눈물지고 달빛 젖은 그녀의 편지는 설렘의 시심(詩心)으로 가득 차 있다.

에밀리는 평생을 집에서 칩거하며 은둔의 세월을 보냈으나 사랑마저 갇힌 것은 아니었다. 알려진 바로는 독신녀 에밀리에게 몇 명의 연인이 있었고, 러브 스토리는 매우 비극적이었다고 전해진다. 소녀 시절 애머스트 아카데미에서 만난 절친 어버이아 루트(1830~1915)에게 보낸 편지에서 동성의 친구라고 여기기에 갸우뚱할 만한 편지글을 발견할 수 있다.

"너를 다시 만나 내 품에 꼭 안고 우리가 떨어져 있는 동안 일어난 많은 일에 대해 들려주고 싶다. 이번 가을에는 꼭 오래 내 곁에 있어 줘."

"어버이아 너는 지금 어디에 있니? 너의 생각과 갈망은 어디를 향해 있니? 너의 풋풋한 애정은 어디에 있니? 나에 대한 애정도 있니? 나를 잊지 말아줘."

"사랑하는 수전, 이제 4주만 더 있으면 넌 완전히 나의 것이 되겠구나. …우리는 결코 다시는 떨어지지 않을 테니 죽음도 무덤도 우리를 떨어트릴 수 없는 곳에서, 오로지 사랑만 할 수 있는 그때가"

에밀리의 동성 친구에 대한 사랑은 이후 애머스트 아카데미의 동기이자 오빠의 부인이 된 올케 수전 디킨슨으로 이어지게 되지만 오늘날 생각하는 동성애인지 아닌지는 모호한 구석이 있다. 헤아려 보면 MBC 라디오의 이종환, 이문세 등의 〈별이 빛나는 밤(별 밤)〉에 여고생들이 보낸 편지글 낭독을 들을 때면 영락없이 이성 친구 간의 연애 얘기 같지만, 상당 부분 동성 친구에게 전해달라는 애정 고백이 주를 이루었다. 지금도 내가 애정하는 대중가요는 〈여고 졸업반〉이다.

아무도 몰라 누구도 몰라
우리들의 숨은 이야기
뒤돌아보면 그리운 시절,
생각해 보면 아쉬운 시간

하얀 교복에 갈래머리를 딴 여고생들, 그 은밀한 동성 간의 애정 분위기가 깃든 것만 같은 노랫말에 얼마나 가슴이 뛰었는지. 그러나 그뿐이다. 그녀들의 숨은 이야기를 오늘날의 동성애로 생각하는 친구들은 '아무도' 없었다. 하릴없는 평론가들이 에밀리의 친구 사랑을 동성애로 의심하는 구석이 없지 않지만 부질없는 짓거리라고 나는 생각한다. 그러든 말든 상관할 일이 아니다. 편지의 힘은 위대하다. 그래서 나는 이렇게 말하고 싶다.

"편지가 달빛에 젖을 때 편지는 모든 이의 문학이 된다."

달빛에 젖은 디킨슨 시문학

에밀리의 사랑 이야기를 접할 때면 안타까운 마음이 든다. 30대 젊은 시절 절절한 사랑에 빠진 상대는 유부남 목사였다. 필라델피아의 한 교회에서 만난 찰스 웨스워스 목사는 그녀에게 '이 땅에서 가장 소중한 친구'로 에밀리를 칭하며 뜨거운 애정의 편지를 주고받았다. 당연히 금기였고 이별은 예정된 것이었다. 비밀의 연인과 헤어지고 쓴 시에는 모더니즘의 새로운 이데올로기가 싹이 트고 있었다.

밤, 밤, 황량한 밤
나 그대와 함께라면
황량한 밤도

우리에게는 사치인 것

에덴으로 노를 저으면
아! 바다여
나는 오늘 밤
그대 안에서 황야나 되었으면!

지상에서의 사랑이 빗나간 운명으로 귀결된 것을 한탄한 시구지만 고결한 그녀의 영혼을 느낄 수 있다. 영문학 스캔들에서 지은이 서수경 씨는 이 시들을 번역하며 '동짓달 기나긴 밤을 한 허리 베어내서 님 오시는 날에 굽이굽이 펴고 싶다'라는 황진이의 시에 비견했다. 동의한다. 그러니, 16세기에 살았던 우리의 황진이는 얼마나 대단한 여인이었던가.

에밀리의 사랑은 이후 스프링 필드 신문의 대표인 새뮤얼 볼스에게 옮겨졌다. 새뮤얼은 그녀의 가족과 오랜 인연이 있던 지인이자 유부남이었다. 새뮤얼은 그녀의 살아생전 유일하게 시를 게재해주었던 사람이다. 에밀리는 새뮤얼에게 시를 보내서 평가받기를 원했고, 새뮤얼은 난해한 그녀의 시에 대해 곤혹스러워했다.

사실, 이 부분도 애매하기는 마찬가지다. 사랑하는 사이였는지는 분명치 않았고 중요하지도 않다. 에밀리는 새뮤얼의 부인과도 매우 친밀한 사이였고 많은 편지를 교환했다. 신문의 편집장인 조사이어 홀랜드 부부와도 친밀하게 교류하였다.

세인의 눈으로 보기에 에밀리는 불행한 시인이었다. 마지막 연인이었던 로드 판사와 결혼이 이루어지지 못했고, 그녀의 사랑은 햇빛을 보지 못했다.

글은 마음속의 그림이다. 글은 때로 달빛이 되고 별빛이 된다. 글이 편지가 되면 별밤은 별들로 반짝이고 종이에 쓰인 단어들은 눈물겨워진다. 에밀리의 시는 뻔한 낭만주의를 종식하고 어두운 사랑의 이면을 슬프게 드러낸다. 새로운 시 세계의 창작은 낭만으로 포장되지 않은 채 자기만의 정직한 숨결을 토해낸다.

모더니즘의 지평선이 열린 것이다. 에밀리 디킨슨의 편지와 시는 장하고 씩씩하며, …언제든, 치열하다.

10 높고 쓸쓸한 영혼, 거장(巨匠) 박경리

장편소설 「토지」로
한국의 현대문학을 업그레이드한 위대한 작가

절대고독의 자유

한국의 현대문학을 대표하는 소설가 박경리(1926~2008)는 프랑스의 소설가 앙투안 생텍쥐페리(1900~1944)와 함께 20세기를 빛낸 문학계의 거장(巨匠)으로 평가받는다. 박경리는 5부 16권의 대하소설 「토지」를 25년(1969~1994)에 걸쳐 완성했다.

「토지」는 구한말에서 해방기에 이르는 격동의 한국사에서 우리 민족이 겪은 한(恨)의 역사를 애증이 넘치는 보편성을 담아 구성했고, 등장인물이 600여 명에 이르렀으며, 작품뿐 아니라 평생을 은둔의 집필로 일관한 작가 본인의 일대기도 화제에 올랐다.

「토지」는 영어와 불어, 일본어 등 여러 외국어로 번역되었고 한국을 넘어 국제적인 문학작품으로 인정받았으며, 경이(驚異)스러운 소설의 반열에 올랐다. 한편, 어른을 위한 기이(奇異)한 동화소설 「어린 왕자」(1943)는 신약성경 다음으로 가장 많은 언어(160개국)로 번역되어 출간되었다.

작품 「토지」와 「어린 왕자」의 사이는 땅과 하늘, 햇빛과 별빛만큼이나 결이 다르지만 묘하게 당기는 동질성이 있어 보인다. 그런데 굳이 두 작품을 연계시키고자 한 것은 특별한 연관이 있어서가 아니다. 두 작품을 유독 좋아하는 내 취향의 발로이다.

작품 「야간비행」(1927)으로 유명해진 생텍쥐페리의 인생 역정(歷程)은 파란만장하다. 귀족 성주의 아들로 태어났으나 어릴 적

아버지가 병사하면서 갑자기 가난해진 가족은 과부가 된 어머니에게 가정경제를 의존했다. 급기야 외로움을 많이 타던 십 대의 생텍쥐페리에게 절친이나 다름이 없었던 동생 프랑수아의 죽음은 충격이었다.

시간이 흐르면서 그의 관심사는 부친과 동생이 있는 곳, 오직 하늘로 이어졌다. 비행사가 되고 싶어서 공군 입대를 희망했지만 낙방했다. 그러나 결국 한결같은 어머니의 후원에 힘입어 마침내 라테코에르(현 에어프랑스)에 입사하여 꿈을 이루었다. 그는 비행사가 되어 항공우편을 배달했다. 아메리카와 유럽, 아프리카를 오가며 하늘을 누볐다.

생텍쥐페리는 소년 시절에 자주 사색에 잠기고 더 자주 공상에 빠졌다. 청년이 되어서는 애정 결핍의 비극적 주인공이 되어 아내 콘수엘로를 두고 여러 여자와 연애 행각을 이어갔다. 그는 소설가로 명성을 얻으면서 국제적인 명성을 얻었으나 대통령 드골로부터 국가에 대한 충성심을 의심받는 등 스트레스에 시달리다가 2차 세계대전의 전장(戰場)에 휩쓸렸다. 예비역 공군 소령으로 자원입대를 한 생텍쥐페리에게 하늘은 '다시 돌아갈' 본향(本鄕)이었다.

그는 소소한 전투와 정찰비행에 참가했다. 전투기 비행사들의 운명이 흔히 그러하듯이 비행 중 실종(1944)되어 생을 마감했다.

그가 탔던 미국제 최신예 F5B-1-LO 라이트닝 정찰기는 실종된 지 5년 후 지중해의 깊은 바다에서 발견되었다. 추락의 원인은 독일 전투기의 공격으로 밝혀졌다. 작가에게는 야속한 얘기이지만 사망이 1년만 앞당겨졌다면 명작「어린 왕자」는 탄생하지 못했을 것이다.「어린 왕자」는 그가 죽기 1년 전에 출간되었다.

전투비행 후 기지에 귀환하는 공항 상공에서 생텍쥐페리는 매번 기름이 다 떨어질 때까지 선회 비행을 하며 조종석에 앉아 독서와 글쓰기에 집중했다. 하늘은 그의 집필 공간이었고 사색의 전당이었다. 1935년 그의 비행기는 기체 결함으로 리비아 사막에 추락한 적이 있다. 정비사 프레보와 함께 닷새 동안 사막을 표류하다가 베두인족에게 발견되어 극적으로 생환했다. 추락 첫날, 모든 음식을 소진했고 사흘 만에 물도 떨어졌다. 그를 구한 것은 최고 문명의 프랑스와 미국의 구조대가 아니라 야만인 취급을 받던 사막의 원주민 베두인이었다. 그들은 생텍쥐페리를 구조하여 이집트의 수도 카이로까지 안전하게 데려다주었다. 추락 후 사흘 만에 기진맥진하여 신기루 오아시스를 보면서 절망에 빠졌던 생텍쥐페리는 사막이 들려주는 목소리에 귀를 기울였고, 이야기를 나누었다. 하늘에서 떨어져 절대고독의 공간에 머물렀던 '3일간의 이야기,「어린 왕자」'는 그렇게 탄생했다.

생텍쥐페리의 절대고독이 하늘과 사막이라는 공간 분리의 개

넘이라면, 작가 박경리의 절대고독은 소유와 집착으로부터의 자유를 의미한다. 어린 시절 자신을 버리고 떠났으며 학비조차 주지 않았던 아버지, 6.25 전쟁으로 사망한 남편, 사고로 잃은 젖먹이 아들, 국가보안법 사형수 사위 김지하, 모든 인적 물적 소유를 잃은 경험은 소유에 대한 근본적인 성찰을 불러일으켰다. 이후 그 경험은 인간의 본질을 고민하는 문학가의 길을 걷는 정신적 지주가 되었다. 집필하는 동안 세속의 인연을 끊고 명예나 인기에 영합하지 않았으며 욕망에 집착하지 않았던 박경리의 절대고독은, 불교 조계종의 종정 성철스님에게나 발견할 수 있는 고독의 경지임에 틀림이 없다.

하늘의 앙투아, 「토지」의 박경리

「어린 왕자」는 사막에서 만들어졌다. 한 남자의 죽음에 직면한 경험이 위대한 문학으로 재생된 것이었다. 불우했던 어린 시절의 상처를 어루만지며 혼자 있는 시간을 좋아했다. 그는 도저히 지상에서 이룰 수 없는 절대고독의 자유를 찾기 위해 하늘로 향했다. 문학의 진정한 가치와 인간의 본질적 생존, 그 의미를 깨우치게 만들었던 사막의 표류, 위대한 작품 「어린 왕자」는 절대고독의 공간, 하늘과 사막에서 만들어졌다.

별은 보이지 않는 꽃 때문에 아름다운 거야. 사막이 아름다운 것
은 어딘가 우물이 숨어 있기 때문이야.

-「어린 왕자」중에서

1930년대 유럽의 하늘은 히틀러의 독일군에 의한 침략의 공간
이자 생존의 불꽃이 튀기는 생지옥이었다. 생텍쥐페리는 삶과
죽음이 교차하는 공중전의 하늘에서 독서를 했고, 물 한 방울 찾
을 수 없는 사막에서 신기루를 보며 죽음을 생각했다. 그는 베두
인족에게 구조를 받으며 사막 속에 잠긴 우물의 의미를 깨우쳤
다. 코르시카의 바스티아 북쪽 하늘에서, 이번에는 사막이 아닌
바다로 추락하며 마지막 일몰을 보았을 생텍쥐페리에게 「어린
왕자」는 이렇게 속삭였을 것이다.

우울하거나 쓸쓸하거나 어쨌든 기분이 좋지 않을 때 석양을 본
다. …몸을 가지고 돌아가긴 어려우니 몸을 버리고 가는 거야.

일제 강점기를 앞둔 구한말의 조선 땅은 일제의 침탈과 동학군
의 저항이 어우러지는 전장(戰場)이었다. 박경리의「토지」는 구한
말에서 해방기에 이르는 한민족 고난의 시기를 기록한 '피의 연
대기'다. 그리고 그것은 절대고독의 자유를 지켰던 작가 혼이 만

157

들어 낸 기적의 서사였다.

고독의 공간인 하늘에서 '어린 왕자를 꿈꾸었던' 앙투안 생텍쥐페리, 허깨비 같은 조선의 유물 최참판의 땅에서 벌어지는 비극의 이야기로 「토지」를 쓰면서 25년간 자신을 가두며 두문불출한 '땅의 영혼' 박경리. 두 분의 문학 이야기는 이제 신화가 되고 전설이 되었다.

"후대에 과연 소설이 존재할까요?"

「토지」 완간 10주년을 기념한 MBC의 방송 인터뷰에서 박경리 선생은 후학에게 남기고 싶은 말을 묻는 사회자에게 그렇게 말했다.

글을 쓰는 것은 작가의 사명이고 평가는 오직 독자의 몫이라는 뜻이다. 위대하게 평가받는 「토지」나 「김약국의 딸들」 등 자신의 작품도 시간의 흐름에 따라 잊힐 존재일 수도 있다는 자평이었다. 스스로 엄격하지 않다면 절대로 나올 수 없는 발언이다. 선생은 신독(愼獨, 홀로 있을 때도 언행 신중)의 가르침을 평생 지키려고 노력한 사람이었다. 유명해질수록 사회활동을 접었다. 언론의 인터뷰 요청에도 일절 응하지 않았다. 친지와 이웃과도 담을 쌓고 살았다.

나는 실제로 선생이 원주 집에 머물 때 방문한 적이 있었지만 (만나지는 못했다), "박경리는 도도하다.", "우리 이웃들이 찾아갔지만, 소리 지르며 쫓아냈다."라는 이웃 노인분들의 혹평을 들었다. 나는 속으로 내심 "박경리 작가의 인간성은 그렇구나"라고 멋대로 생각한 적이 있다. 그러나 후에, 선생의 생애에 마지막이었던 문화방송의 육성 대담을 들으며 그것이 얼마나 속 좁은 오해였는지 알 수 있었다.

"내가 원주에서 말년을 보내며 집필할 때 누구도 만나지 않으니, 저 인간은 박절하다는 욕을 많이 먹었습니다. 그러다가 내 문학관 입석(立石) 기념식에 시장님이 내보고 와서 한마디 해달라고 졸라서 그때 사람들에게 얘기했습니다. 문학가가 방송에 출연하고 회의 다니면서 감투 쓰고 그러면 언제 「토지」 같은 글을 쓰겠나? 나는 글을 쓰기 위해 가족 친지의 애경사도 안 다녔습니다. 취미 생활도 하지 않았습니다. 밤낮없이 구상하고 쓰면서 생을 보내야 했어요. 여러분이 그런 소설가의 본질을 이해해 주셨으면 좋겠습니다."

박경리 선생(이하 선생)이 고독의 화신이 되었던 것은 글을 쓰기 위한 선택이었다. 불우했던 자신의 생애를 보상받을 수 있는 길은 글쓰기에 달렸다고 생각하였다. 작가는 자신의 운명에 대해 이렇게 말했다.

"작가는 고통과 불행을 밑거름으로 삼아 살아가야 할 존재입니다."

똑똑하고 신비로울 것 같은 작가의 존재에 대한 의외의 규정이었다. 어려서 자신과 어머니를 버린 부친에 대한 애증, 6.25 때 서대문형무소에서 죽음을 맞이한 남편, 세 살짜리 젖먹이 아들의 사고사, 박정희 독재정권과 싸우다가 사형선고를 받은 사위 김지하(시인), 성경 구약의 욥에게 닥친 시련처럼 선생이 겪은 불행은 상상 이상이었다.

"나는 아버지에 대한 증오, 어머니에 대한 연민 속에서 극단적인 감정의 고독을 만들었고, 그 가운데 독서와 상상의 세계를 만들기 시작했다."

한편 가난하고 불우한 인생이자 무너질 것 같은 성장 환경을 지녔지만, 그녀는 자신의 생애를, 독으로 약을 만들 듯 성장시켰다. 성공한 사람에게 흔히 나타나는 성공의 신화 같은 것이 박 작가에게는 없다. 오직 작가 혼만 있을 뿐이다. 박경리의 두문불출과 고독은 작품 「토지」를 낳았다. 박경리를 보면 나는 작가라는 사람들이 무서워진다. 다만 모든 작가가 박경리 같지는 않을 것 같아서 내심 안도하기는 하지만 말이다.

불신의 시대, 빛나는 작가 혼

박경리는 1926년 일제 치하의 식민지 진주에서 태어났다. 초등학교 시절은 남구 문학동에서 보냈고, 진주여고에 진학하면서 문학소녀의 길을 걸었다. 선생은 다독을 즐겼다. 도서관의 책을 모조리 읽었고 시내 책방에서 눈치를 보며 문학 전집을 훔쳐 읽었다. 1946년 진주여고를 졸업한 뒤 곧 결혼하면서 남편의 사회과학 서적을 빠짐없이 섭렵하여 진보적 지식을 쌓았다. 선생은 1950년 서울가정보육사범학교(세종대학교) 가정과를 졸업하고 잠시 황해도의 연안 중학교 교사로 재직했으나 6.25로 인해 남편을 잃으면서 글쓰기에 전념한다.

선생은 진주여고 선배의 소개로 작가 김동리를 만나 습작을 하게 되었다. 1955년 그의 추천으로 작품 「계산」과 「흑흑백백」이 현대문학에 실리면서 정식으로 등단하게 되었다. 이후 선생의 글쓰기는 '생존형'이자 '직업작가'로서의 치열한 다작(多作)으로 이어졌다. 신문에 소설과 수필을 연재했다. 대하소설 「토지」를 집필하기 시작했다. 언어적 주술성과 폐가(廢家)를 중심으로 한 장치의 모티브, 주제 암시의 기법으로 화제작이 된 「김약국의 딸들」(1962)을 선보이며 유명 작가의 토대를 쌓았다. 그 무렵 박 작가는 호구지책으로 다니던 신문사도 그만두고 전업 작가의 길을 걸었다.

박경리는 등단 초기부터 모더니즘 문학의 소설을 써내서 문단의 주목을 받았다. 선생의 작품에는 6.25 전쟁의 상처가 사실적으로 묘사되었다. 민중이 겪는 불행의 원인을 부조리한 사회구조와 정치적 결함에서 찾았다. 허위와 위선, 자본주의의 욕망으로 가득 찬 사회적 현실을 꼬집었다. 1957년 타락한 세계의 욕망에 휘둘리지 않고 거세게 항거하는 여인의 이야기 「불신시대」로 현대문학 신인상을 받았다. 이어 유엔군의 폭격으로 남편을 잃고 전후 폭력과 착취에 시달리는 과부의 이야기를 담은 소설 「표류도」(1957)로 김내성 문학상을 받았다. 1969년에 이르러 현대문학에 대망의 대하소설 「토지」의 연재를 시작했다. 「토지」의 집필 동기에 대해 선생은 방송 대담에서 이렇게 말했다.

"내 외가가 있는 거제도에 전염병 호열자(콜레라)가 돌면서 주민의 대다수가 사망했어요. 논밭에 익은 곡식을 거둘 사람이 없어서 방치되고 있을 정도였지요. 심지어 가족이 다 사망한 어느 집의 홀로 남은 어린 여자애를 어떤 남자가 데려가 주막집에 팔았다는 얘기를 들었어요. 호열자와 죽음, 민중의 멸절이 선명한 빛깔로 다가왔지요. 핏빛 호열자의 색깔과 생명을 나타내는 벼의 노란색이 나의 뇌리를 떠나지 않았어요. 「토지」는 비극의 서사이며 동시에 생존을 이어가는 삶의 본질에 관한 이야기이지요. 원래

1부만 쓰려고 했는데 5부까지 쓰게 되었어요. 46세부터 제 삶은 「토지」와 함께 살아왔어요. 삶을 지속하는 한 「토지」는 끝나지 않겠지요."

MBC 방송 대담을 들으며 나는 고개가 숙여졌다. 그 비참함과 절망 너머에서 「토지」 같은 대하소설의 씨앗을 발견했다니, 인생은 참 대단한 드라마의 소재라고 생각했다. 작품 「토지」는 땅의 이야기이자 생명의 이야기이다. 구한말과 일제 강점기를 거쳐 해방에 이르기까지 격동의 세월을 겪어내는 600여 명 삶의 모습을 담았다. 소설은 구조적인 지주계급과 소작농의 갈등을 넘어 인간애와 생존을 위한 희망의 길을 여는 미래지향적 정체성을 제시하고 있다.

경남 하동의 악양면 평사리에서 시작해 간도와 서울, 일본의 도쿄에 이르는 여정을 설정했다. 윤씨 부인으로부터 시작하는 4대(代)의 '토지 지키기'가 아들 최치수, 손녀 최서희, 증손자 윤국에 이르기까지 숨 가쁘게 전개되고 있다. 저자는 이에 대한 배경을 설명했다.

"「토지」를 보면 주인공을 비롯하여 등장인물 모두가 사연을 갖고 있어요. 누구랄 것도 없이 그들의 인연은 서로 얽혀있어요, 그들

163

의 직업도 다양하지요. 양반, 농부, 목수, 포수, 노비, 천민, 동학군 등이 서로에게 영향을 끼쳐요. 일제의 병합과 찬탈, 의병 활동과 동학혁명, 독립운동에 이르기까지 근대의 삶이 반영되어 있어요."

선생은 이와 관련하여 「토지」의 집필 배경에 자신이 태어나고 성장했던 통영과 진주의 정체성이 작용했다고 고백했다. 아주 작고 이름도 없던 항구 통영은 이순신 장군이 수군 기지로 사용하면서 발달한 도시이고, 진주는 임진왜란 최대의 보루이자 끊임없이 민란이 일어났던 혁명의 땅이었다. 선생에게 진주와 통영은 역사 인식과 문학적 감수성을 불러일으키는 상상의 산실이었다.

"이순신 장군이 왜적과 싸우면서 거북선을 만들고 기지를 세웠어요. 통영은 전국의 갖바치(가죽신을 만드는 기술자)들과 목수, 짐꾼들이 모이고 온갖 물류가 유통되는 장소로 변했지요. 전쟁의 불길 속에서 경제를 운영하고 미래의 생명을 지키려는 생존의 장이 형성된 것이지요. 삶의 본질은 생명입니다. 생명이 있는 한 삶은 지속하는 것이고, 그 본질을 잊지 않는 한 미래가 있는 것이지요."

그랬다. 선생은 충무공 이순신의 전쟁과 진주 민란으로 시작된 동학혁명을 가슴으로 품어 고통받는 민중의 삶을 「토지」에 산란 (産卵)했다. 암탉이 고통 속에서 알을 품듯 백성의 고통과 외로움 을 연민했다. 선생은 "사랑이 무엇이냐?"는 질문에 늘 "사랑은 연 민"이라고 답했다. 사랑은 동정심이 아닌 자신의 마음과 동일시 되는 측은지심(惻隱之心)의 발로라는 뜻이다. 버트런드 러셀이나 맹자 역시 일찍이 사랑의 본질은 타인에 대한 연민이라고 주장 했으니, 선생은 지식인의 삶이 어떠해야 하는지를 직시하고 있 었던 셈이다.

소유냐, 삶이냐?

토지는 문서로 입증되는 부동산이다. 최참판댁 4대에 걸친 가 족사 중심의 이야기 전개는 토지라는 부동산을 지키고 이어 나 가려는, 어쩌면 경제소설의 범주에 속할지도 모르는 문학적 상 상력을 제공한다. 동시에 국가의 신분제도로 보장받았던 최참판 의 토지문서에 대한 정체성을 해부하고 땅에 대한 근본적인 물 음을 던진 사회소설의 성격을 지녔다.

최씨 성이 아닌 윤씨 부인이 가문의 토지를 지키려고 악다구니 를 쓰고 악역을 하는 이면에는 문서로 대변되는 '토지 소유'의 전 근대적 유산이 작용한다. 이어 최서희의 생부인 최치수가 토지의 당주 노릇을 하며 부정적인 인간성을 나타냈고 주민들을 옥죄었다. 그러나 그는 곧 의문의 살해를 당했고, 그 자리에 조준구라는 먼 친척이 등장하여 서희의 재산을 빼앗는다. 서희는 분개하였으나 주저앉지 않고 마을 주민들과 함께 간도로 떠난다. 그 과정에서 집안의 하인이었던 길상은 장사를 통해 서희에게 재산을 모아주면서 서희와 결혼을 하게 된다. 이후 서희와 길상은 조준구에게 빼앗겼던 토지문서를 되찾았고, 와중에 길상은 독립운동을 하다가 투옥된다.

주인공 최서희는 강인한 등장인물 길상, 월선과 함께 공개념의 토지 운용에 눈을 뜬다. 토지가 사람이 될 수는 없지만, 사람은 토지가 되고 재산이 되고 자유가 된다. 토지를 버리고 간도로 향한 서희에게 신분과 계급이 다른 길상은 자유의 신랑감이었고, 남편 길상은 서희에게 버리고 온 토지만큼의 재산을 벌어다 준다. 토지가 죽은 곳에 자유와 사랑, 인간애가 만들어지는 과정을 소설「토지」는 끈질기게 탐구해 나간다. 최서희의 마음은 사람이 토지가 되는 세상, 해방된 미래의 조국이 인간애의 중심으로 새롭게 꾸며지기를 바랐던 것은 아닐까. 문득 독자의 관점에서 그 마음을 들여다보고 싶어졌다.

"해방된 푸른 하늘에는 실구름이 지나가고 있었다."

서희는 옥살이하는 길상을 뒷바라지하기 위해 만주에서 서울로 귀환했고, 도중에 해방을 맞이한다. 해방된 푸른 하늘에 실구름이 지나가고 있다는 문구와 함께 대하소설 토지는 막을 내린다. 토지를 둘러싼 소설「토지」에는 토지를 지키려는 자, 빼앗으려는 자, 빼앗기고 떠나는 자, 토지문서를 되찾고 미래를 준비하는 자 등으로 온통 분주하다. 생텍쥐페리의 어린 왕자에 등장하는 별과 사막에도 이와 비슷한 사회적 갈등이 비친다. 왕과 여우, 장미는 소유와 집착에 시달리며 왕자를 맞이하고 떠나보낸다. 인간의 본질은 동서양을 떠나 '그러한 것임'을 짐작할 수 있다. 선생은 소유냐 삶이냐에 대해 성찰하였고, 한국과 일본, 인생의 고락에 대해 논평했다.

"이 세상에 제일 무서운 것은 안 죽는 것이다. 죽어야 새로운 생명이 탄생한다."
"한국의 옷은 흰색이고 투명하다. 색동옷도 흰색과 붉은색, 파란색의 투명한 조합이다. 반면에 일본의 옷은 흰옷도 투명하지 않고 회색이 된다. 한복은 하늘로 펄럭이며 날아 올라가고 기모노는 땅에 달라붙는다. 일본 옷은 보존적이고 한국 옷은 창조적이다. 민족성도 그러하다."
"일본인의 정서는 원망과 복수로 점철된다. 그래서 군국주의를 하고 태평양 전쟁을 일으키며 양심의 가책도 받지 않았다. 원망과 복수가 정당화되는 정서가 일본의 사회구조다."

"한국의 한(恨)은 생존적 슬픔이며 슬픔을 면하고자 하는 미래의 소망이다. 배고파서 배곯지 않기를 소망하고, 공부를 못해서 자식만큼은 배우게 하고 싶었다. 일본처럼 원망을 복수하기 위해 베고 찔러야 하는 정서가 아니다. 그래서 한국인은 성장의 상징인 나무를 성황당으로 삼아서 소망을 빌었다."

"샤머니즘은 한국인이 가진 정서의 원형이다. 단순한 미신이 아니다. 샤머니즘은 자연의 이데아다. 나무 제사는 생명존중의 무속이며 소망을 비는 매개체다."

"나는 여류작가라는 말이 싫다(선생께 죄송). 여권이라는 말도 좋아하지 않는다. 남녀를 그렇게 나누고 여성을 가련한 피해자로 몰아가는 것도 편치 않다. 나는 인간의 인간애와 연민과 사랑을 말하고 싶다. 나는 여성으로서의 콤플렉스가 없다."

"이념, 사상, 투쟁은 사물에 대한 관찰을 통해 인간애로 녹아들어야 한다."

손주 업은 할머니, 박경리

남한산성의 작가 김훈은 그의 수필집 「라면을 끓이며」(2015, 문학동네)에서 옥문을 바라보며 석방되는 사위 김지하를 기다리는 선생의 초조한 모습을 취재 수첩에 담은 일화를 공개했다. 당시 김훈은 신문사 기자였다.

"1975년 2월 15일, 낮 최고기온 영하 7도의 추운 날이다. 1974년 7월 13일에 군사재판에서 내란죄로 사형선고를 받은 김지하가 무기징역으로 감형되어 형집행정지로 영등포교도소에서 석방되었다."

"먼발치에서 갓난아기를 포대기에 둘러업은 아낙네 한 명이 포니 영업용택시를 대기시켜 놓고 추위에 언 발을 동동 구르며 시선을 옥문에 고정하고 있었다. 가만히 다가가 살펴보니 과연 박경리였다. 10개월 된 젖먹이 손주를 업고 사위를 기다리고 있었다. 김지하는 석방되어 지지자들에게 둘러싸여 자릴 떠났고, 기다리던 박경리 선생도 어둠 속으로 자취를 감췄다."

그날 27세의 김훈 기자는 먼발치에서 쭈그리고 앉아 '마음껏' 박경리 할머니를 관찰했고, 사진을 찍으며 취재하거나 "여기 박경리가 왔다"라고 동료 기자들에게 말하지 않았다.

"그날 그 자리에서 그 여자는 길섶에 돋아난 풀 한 포기보다도 더 무명(無名)해 보였고, 자신의 존재를 드러내 보일 아무런 이유가

169

없는 어떤 자연현상처럼 보였다. 그 모습에는 긴급조치나 사형이나 국가보안법이나 그런 자취가 없었다. (나는 그녀가) 어서 빨리 사위를 데리고 추위 바람이 부는 언덕길을 떠나길 바랐다. 취재할 수가 없었다."

"그러자(취재하지 않기로), 내 마음속에서, 나에게 없었던 따뜻한 것들, 정체를 알 수 없는 어떤 울음에 가까운 따뜻한 것들이 돋아나고 있음을 느꼈다. 그것이 무엇이었던가. 나는 지금 그 20년 전의 따스함의 정체를 겨우 말할 수 있을 것도 같다."

나는 위대한 작가 박경리를 짐작할 수 없다. 동시에 20년이나 선생의 진실을 감춰 준 김훈 기자의 인내심을 이해할 수조차 없다. 하늘의 작가 생텍쥐페리의 절대고독을 상상할 수 없다. 25년, 평생을 자발적 가택연금으로 일관하며 집필한 「토지」의 절대고독을 공감할 능력이 없다. 인간이 어찌 그 경지에 이를 수 있는지, 생각할수록 눈물겨울 뿐이다.

다만, 그들의 절대고독과 인내심과 연민의 본질은, 나 같은 가없은 백성의 마음이 모아진 사막의 깊은 우물 같은 것은 아니었을까.

"괜히 박경리를 쓰고자 했다. 눈물만 난다."

11 복잡성의 페미니즘, 실비아 플라스

스스로 페미니즘의 순교자가 된
맹렬한 여인

뭐가 어떻게 됐는지

한순간, 실비아 플라스(Syivia Plath, 1932~1963, 미국)는 미국과 유럽을 뒤흔든 스캔들의 주인공이 되었다. 1963년 2월 11일, 31세의 실비아 플라스는 오븐에 머리를 처박고 가스를 흡입하며 죽어갔고, 죽었다. 아침잠에서 깨어날 딸 프리다와 아들 니콜라스를 위해 토스트를 마련해 두었고, 유서로 보이는 종이에는 "의사를 불러주세요"라는 메모가 적혀있었다. 결혼생활은 파경을 맞이했고 남편은 별거 중이었지만 어린 두 자녀가 있었다. 문학적 업적도 최고조를 이루는 시점이었다. 20세기 영미 문학사를 뒤흔든 자살 스캔들 앞에서 팬들은 경악했다. 사람들은 '뭐가 어떻게 됐는지' 망연자실했다.

실비아 플라스(이하 실비아)는 일찍이 천재 소녀였다. 그녀는 대학교수였던 아버지 오토 플라스와 어머니 아우렐리아 플라스 사이에서 태어났다. 8세에 보스턴 헤럴드지에 시를 발표할 만큼 천재성을 발휘했던 실비아는 1등을 놓치지 않았던 고교 시절을 뒤로하고 명문 스미스 대학 영문학과에 장학생으로 입학했다.

대학 시절 내내 완벽주의 공붓벌레로 선두를 놓치지 않았다. 졸업 후에는 풀브라이트 장학생이 되어 바라마지않던 영국의 케임브리지대학 뉴넘칼리지에서 공부했다. 그녀는 가부장적인 아버지와 갈등 속에서 이미 9세에 자살을 흉내 냈고, 하마터면 죽을뻔했다. 이어 대학 3학년 때 수면제를 과다 복용하고 생애 두 번째 자살을 기도했으나 가족들이 발견하여 살아났다.

그녀 스스로 일기장에서 밝혔듯이 무섭게 떠나지 않았던 우울증 탓이었다. 그러나 정신과 치료를 받으며 공부와 문학에 전념했다. 작가로서도 성공했다. 겉보기에 남부럽지 않은 멋진 삶을 살고 있었다. 1956년 케임브리지대학 시절, 의기양양한 그녀는 당시 문학인이자 같은 학생이었던 테드 휴스(1930~1998, 계관시인)를 만나 캠퍼스 커플로 지냈다.

"한눈에 환한 미남의 테드 휴스가 시선에 들어왔어요. 사람들 속에 있었지만, 빛이 났지요"

마음에 드는 남자를 만나면 그의 머리 뒤로 후광이 비치며 시선이 끌린다는 여인들이 있다. 그 빛에 이끌려 어느새 깨닫고 보니 결혼식장에 서 있었다는 이야기를 나는 가끔 듣고는 했다(물론 그렇게 결혼한 부부의 행복 여부는 알 수 없지만). 실비아도 아마 그런 상태였는지 모른다. 아무튼, 둘은 금세 사랑에 빠졌고 결혼했다.

실비아는 남편과 함께 미국으로 건너가 모교 스미스대학에서 영문학을 가르쳤다. 남편 휴스 역시 매사추세츠대학의 강의를 맡았다. 20대 젊은 부부로서 썩 괜찮은 출발이었다. 이 당시에는 대학에 강의권을 얻으면 연봉 계약을 하고 사회적 명사로 대우를 받는다. 그녀는 30세가 되기 전에 딸과 아들을 출산하였다. 곧

이어 부부가 함께 대학 강사 생활을 접고 보스턴으로 이주하여 창작 활동에 몰두하였다.

복잡성의 페미니즘, 여성의 내면갈등

실비아는 1960년 첫 시집 「거상」(The Colossus and other poems)을 출판하였다. 첫 시집 출간의 기쁨도 잠시 남편 휴스는 에시어 웨빌이라는 여자와 눈이 맞았다. 슬하에 두 자녀를 두었지만, 부부는 그 일로 별거에 들어갔다. 그녀는 슬픔을 이기지 못했지만, 생애의 역작 「아빠」(Daddy)를 썼고, 「라자루스」(Lady Lazarus)를 창작했다. 이어 1963년에 역작으로 평가받는 자전 소설집 「벨자」(The Bell Jar)를 발행했다.

특히, 「거상」과 「아빠」는 가부장제에 신음하면서도 그 고통을 뛰어넘고자 하는 여성 특유의 복잡한 내면세계를 그려냈다. 복잡성은 갈피를 잡기 어려울 만큼 여러 가지가 얽혀있는 성질, 그러한 성질을 가진 것이라고 국어대사전은 설명하고 있다. 실비아는 이 작품들을 통해 남성주의에 눌린 채 자아분열과 내면의 갈등을 겪는 여성의 정체성을 드러냈다.

실비아의 작품이 갖는 페미니즘은 자살과 자기분열의 고통 속에서 자기만의 언어를 찾고자 하는 여성주의를 발현한 것에 있다. 그녀의 작품 「에이리얼」(1965), 「끝, 모서리」(1965)에는 남성 우월주의에 억눌린 구조 속에서 복잡하게 뒤틀린 여성의 내면을 그려내며, 마치 죽음 뒤의 부활처럼 거짓된 자아의 반성과 함께 자신만의 언어를 찾고자 하는 갈망을 표출했다. 이는 남성 대 여성의 이분법적 페미니즘이 갖는 단순성에 의문을 던진 복잡성의 페미니즘 문제였다. 그로 인해 복잡성에 기인한 새로운 페미니즘 문학의 생성이 이루어졌다.

실비아는 살아생전 「거대한 조각상」(1960)이라는 시집, 단 한 권만의 저서를 출간했다. 나머지 작품은 그녀의 사후(死後), 남편 휴스 등에 의해 출간되었다. 가족 간에 조작 시비가 제기될 만큼 실비아 사후 출간은 말들이 많았지만, 남편 휴스 역시 당대의 시인이었다. 그러거나 말거나 그녀의 작품은 대부분 남편의 손에 의해 편집되었고 출간되었다. 오늘날 실비아를 사랑하는 독자들이(남편 휴스를 미워하는) 그만큼은 인정해주기를 바라는 마음이다. '불임의 여인'이라는 실비아의 시 한 편을 소개한다.

〈불임의 여인〉

텅 비어, 난 아주 작은 발자국 소리에도 메아리치네,
조각상 없이 빈 박물관처럼,

175

거대한 기둥과 웅장한 현관의 원형 건물로 지어진.

내 앞마당에는 분수가 위로 분출되었다가 다시 제자리로 가라앉네,

수녀의 마음처럼, 세상일에 눈먼 듯이. 대리석 백합은

그 창백함을 마치 향기처럼 내쉬네.

난 나 자신이 군중들과 함께 있는 것을 상상하네,

하얀 승리의 여신 니케와 몇몇 눈먼 아폴론의 어머니로.

하지만, 죽은 자들만이 그들의 관심으로 날 상처 입히네, 그리고 아무것도 일어나지 않네.

달은 손으로 내 이마를 만지네,

간호사처럼 무표정하고 말없이.

- 출처, 〈불임의 여인〉 작성자 차일피일, Daum, 2024)

새파란 청춘의 날들, 그 완결구조의 서사

실비아와 휴스의 사랑은 결혼으로 귀결되었지만, 두 사람의 결혼은 너무나 빨리 파경을 맞이했다. 이런 말 하기는 좀 그렇지만 실비아 플라스는 예쁘다. 단단하고 세련된 미모를 가졌다. 남성들의 시선을 끌 만한 외모를 지녔지만, 신혼도 채 지나가기 전에 남편은 바람을 피웠다. 가부장적인 아버지에 대한 갈등으로 자

살을 생각했던 실비아는 부친과 달리 개방적이고 활달한 남편 휴스를 사랑했다. 실비아는 자신의 여러 작품에서 독일계였던 아버지를 나치즘의 상징으로 내면화하면서 증오심을 표출했다. 심지어 자신의 이미지를 유대인으로 내면화시키기도 했다. 그러므로 실비아에게 가부장적 남성우월주의는 나치즘과 동일시되는 거대한 폭력의 정체성으로 다가왔다.

그녀는 부친과 달리 친절하고 다정한 휴스에게 매력을 느꼈다 (대체로 연인에게 다정한 남성은 호감이 가는 다른 여성들에게도 다정하다). 또한, 휴스는 후에 영국의 계관시인으로 등극하는 영광을 안을 정도로 뛰어난 시인이었다. 사랑의 장난은 휴스에게도 가혹한 결말을 남겼다. 실비아를 떠나 웨빌과 연애를 했지만 젊은 시인 휴스는 1969년 다른 여성과 스캔들을 일으켰다. 분노한 웨빌은 휴스와 사이에 낳은 어린 딸에게 수면제를 먹인 후 실비아가 그랬던 것처럼 오븐에 머리를 박고 가스를 마시며 딸과 함께 숨졌다. 엽기적인 자해였고 보복 자살이었다. 사랑은 눈물의 씨앗이런가.

그렇다고 해서 실비아가 전통적인 윤리의식에 갇혀있던 여성은 아니다. 유년 시절부터 평생을 기록한 그녀의 일기 「실비아 플라스의 日記」(문예 출판사, 1966)에 나타난 그녀의 감성은 21세기 현재로 옮겨온들 그 내용이 영락없는 MZ세대의 혼란한 의식을 가진 듯 뜨거웠다.

  그녀의 일기를 출판한 남편 휴스는 '그녀에게는 어떤 면에서는 광적으로 신을 사랑하는 이슬람 신도들을 생각나게 하는 데가 있다.'라는 말로 일기를 평했다. 그녀의 일기에는 궁극적인 본질을 가장하는 모든 것을 벗겨버리고 싶은 간절한 열망이 담겨있다. 새로운 탄생을 위해 모든 것을 희생하고자 하는 각오 말이다.

  나는 그녀의 일기를 기록한(엄청나게) 붉은색 두꺼운 책 앞에서 문득 숨이 막혔다. '평생의 일기'라니, 그것도 남편 휴스는 자신에게 불리한 부분을 대폭 삭제한 후에 출간했음에도 그 책은 활화산처럼 내 가슴을 뛰게 했다. 실비아의 일기는 자전적인 섬세함을 중심으로 작품세계를 구축한 논픽션이다.

「실비아 플라스의 일기 -17, 8세 소녀 시절」中에서

-벌써부터 나는 수백 년 세월의 무게에 짓눌려 숨이 막힌다. 절정에 이르는 찰나, 태어나자마자 사라지는 찬란한 섬광과 쉼 없이 물에 흘러가는 모래처럼

-나는 남자를 유혹하려고 옷을 빼입은 미국 처녀처럼 성적 쾌락에 빠져 질펀한 하룻밤을 보낼 작정이다.

-너 말이야(첫 키스의 에밀) 넌 내 몸 말고는 내게 아무런 관심이

178

없어.

-내 마음속 두려움이 불쑥 고개를 들고는 위장을 와락 낚아채는 느낌이 있어. 공포는 신체적인 구토증으로 돌변해 나는 아침도 먹을 수가 없었지.

-그러자 내 마음은 다시금 소용돌이치며 여기 앉아 허우적거리며 헤엄치는 내게로 돌아온다. 그리움을 앓다 못해 익사할 지경이 된 나에게로. 내게는 이미 과도한 양심이 주입되어 있어. 파괴적인 후유증 없이는 관습을 타파할 수가 없는 것이다.

-신경 체계의 작용이란 얼마나 복잡하고도 오묘한지, 날카롭게 비명을 지르는 전화기의 전자음은 자궁벽을 따라 찌릿한 기대감을 전송한다. 전화선 너머 거칠고, 건방지고, 허물없는 그의 목소리에 창자가 콱 죄어온다. 대중가요의 '사랑' 타령은 모두 '욕정'이라는 단어로 바꾼다면 아마 훨씬 더 진실에 가까워질 텐데.

-발달하는 성기가 육체를 일깨워 부르는 외침을 들어야 하다니… 대부분의 미국인 남자들이 생각하는 여성이란 기껏해야 둥근 젖가슴 두 짝이 있고, 편리하게도 질이라는 구멍 하나가 뚫려 있는 채색된 인형 같은 존재이다. 어여쁜 내 머릿속엔 '스테이크'로 저녁 식사를 준비하고 9시에서 5시까지의 일상적 업무를 힘겹게 마친 남자들을 침대에서 위로하는 것 말고는 아무 생각도 없어야 한다는 사실 또한 이해하게 되고….

-내 영혼은 꿈처럼 모조리 묶여 있다. 전에도 그랬고 지금도 나는 우울증과 싸우고 있다. 나는 지금 절망의 홍수 속에서 허우적거리고 있다. 거의 히스테리에 가깝다.

실비아 플라스의 뜨거운 문학 앞에서 나는 다른 한 사람을 떠올렸다. 실비아와 생사의 기간이 겹치는 여성 작가, 31세에 생을 마감한 불꽃 같은 여인 '전혜린(1934~1965)'이다. 전혜린은 독일 유학을 마친 후 쓴 자신의 글 「목마른 계절」(여원, 1962)에서 완벽을 꿈꾸었던 청춘의 목마름을 노래했다. 그녀는 불꽃처럼 사랑하고 사랑하며 죽어가리라는 글처럼 생을 끝냈다.

전혜린 교수는 경기여고와 서울대 문리대를 졸업한 엘리트이다. 순수한 진실을 추구하고 정신적 자유를 갈망했던 그녀는 짧은 생애 속에서 독일 작가들의 작품을 번역하는 데 일조했다. 헤르만 헤세의 데미안 열풍을 불러일으키는 등 '전혜린 신드롬' 이란 말을 유행시키기도 했다. 수면제 과다 복용으로 자기 죽음을 선택했던 그녀의 삶은 후에 여러 책과 TV의 드라마로 소개되었다.

나는 어떤 말로도 실비아의 죽음을 설명할 수가 없다. 그것이 우울증의 결과이든 DNA에 타고난 죽음의 인자(因子)가 있든, 알수가 없다. 다만 그녀는 세상의 고통과 절망을 듣는 마음의 귀가

따로 있었던 듯싶다. 세상이 듣지 못하는 소리를 듣고 보지 못하는 것을 보는 그것은 고통이다. 그 고통을 자신만이 아는 언어로 엮어내는 것은 작가의 운명이다. 나는 그녀를 다음과 같이 평하고 싶다.

"다른 것은 몰라도 실비아는 그 언어를 쓰기 위해 세상에 태어났다. 그리고 터무니없이 새파란 청춘의 날에 생을 마감했지만, 생의 완결구조를 이루어 낸 사람이다."

스스로 생을 마감한 그녀에게, 나는 뭐라고 할 말이 없다.

12 욕먹는 여자 시오노 나나미

「로마인 이야기」, 일본다움으로 로마사를 재조명하여
매우 성공한 작가.

역사 시비를 불러일으킨 「로마인 이야기」

  시오노 나나미(1937)는 욕먹는 여자다. 내가 아는 한 시오노 나나미는 국내외 포털 인물란에 소개된 여성 문학가 중 가장 많은 비난이 실려있는 인물이다. 인터넷에는 그녀의 작품에 대한 역사적 사실 여부를 의심하는 글과 불투명한 언사를 힐난하는 주장이 가득하다. 시오노 나나미에 대한 비호감은 그녀가 받는 인기를 무색하게 한다. 명성을 얻은 그 어느 여성 작가도 이만큼 욕을 먹기는 어렵다. 여러 문헌과 SNS에 실린 비난을 한번 살펴보자.

  "「로마인 이야기」에서 로마군과 카르타고의 제2차 포에니 전쟁에 대한 설명이 엉터리다. 로마가 한니발에게 대패한 칸나이 전투(BC216)와 반대로 로마의 스키피오 아프리카누스가 한니발을 패배시킨 자마 전투(BC202)의 장면들을 혼동하고 있다."
  "그녀는 율리우스 카이사르에게 빠져서 로마인 이야기 15권 중 2권(제4, 5권)이나 그에게 할애하며 온갖 아양을 떨었다. 로마가 곧 카이사르라는 비현실적 역사관을 심어주고 있다."
  "십자군 전쟁의 어리석음을 지적하면서도 예루살렘 전투의 십자군 역할을 미화시켰고, 동시에 오스만 제국의 야만성을 부풀렸다. 비뚤어진 이슬람 역사 비하관을 가지고 있다."
  "시오노 나나미는 자신의 저서 「로마는 하루아침에 이루어지지

않았다」(1992)를 통해 로마제국의 침략과 식민지 건설을 정당화
시켰고, 팍스 로마나의 제국주의를 찬양했다."

"심지어 일본이 로마의 제국 경영을 배웠더라면 좋았을 것이란
대목에서는 은연중 일본의 태평양 전쟁을 긍정하는 듯한 메시지
를 전달하고 있다는 느낌이 들 정도이다."

"마키아벨리의「군주론」(1532) 모델로 알려진 교황 알렉산드로 6세
의 숨겨진 아들 체사레 보르자(1475~1507)의 매력에 푹 빠져서
그를 이탈리아 통일의 위대한 지배자로 추켜세웠다."

"로마인 이야기, 바다의 도시 이야기, 체사레 보르자는 역사가 아
니고 대체역사다."

시오노 나나미의 여성관에 대한 시비도 끊이지 않고 있다. 작
가의 페미니즘 논쟁도 심심치 않게 지면에 오르내린다. 그녀가
페미니스트는 아니라는 것과 여성우월주의자이니 페미니즘을
나타낸 것이라는 상반된 견해가 있다.

"고양이는 자기를 귀여워하는 사람을 한눈에 알아본다. 여자도
고양이와 같다. 자기에게 마음이 쏠릴만한 남자는 눈빛만 보아도
안다."

　　　　　　　– 클레오파트라가 옥타비아누스를 유혹하지 않고 자살한 이유

"남녀평등? 왜 우수한 우리 여자가 남자들 수준까지 내려와서 평등하지 않으면 안 돼요?"

－「남자들에게」(시오노 나나미, 1995, 한길사)

한편 그녀는 제2차 세계대전에서 벌어진 일본의 '네덜란드 여성들 납치 강제 위안부 운영'에 대해 "국제사회에 알려지기 전에 일본 정부가 대책을 마련해야 한다."고 언급(일본의 월간 문예춘추 2014.9)하여 미묘한 파장을 불러일으켰다. 그러면서도 '일본의 한국인 여성들 납치 위안부'에 대해서는 전혀 관심을 보이지 않았다. 이에 대해 국내의 평론가들은 그녀가 천박한 제국주의의 의식이 있다고 혹평했다. 그 밖에도 시오노 나나미에 대한 욕설과 비난은 무수하지만 요약하자면 몇 가지를 꼽을 수 있다.

① 로마인 이야기는 역사 사실을 전혀 고려하지 않고 왜곡이나 허위 사실로 가득 차 있다.

② 역사기술의 기본인 원전 인용과 저자 표기를 거의 하지 않고 있다.

③ 유럽과 이슬람의 역사적 입지나 인식의 차이를 논하지 않고 자기 편향적 서술로 일관하고 있다.

④ 때로 여성우월주의자가 되었다가 갑자기 여성은 자기 욕망을

억제하지 못하고 어리석은 결정을 내리는 즉, 통합적 사고를 유지하지 못하는 존재임을 지적하고 있다.

⑤ 유럽 중심의 역사관에 치우쳐서 로마 흑역사를 애써 평화의 역사(팍스 로마나)로 둔갑시키고 있다.

에피소드지만 「로마인 이야기」(1992~2006)가 국내에 유행할 때 적잖이 곤욕을 치른 직업이 있다. 역사를 가르치는 대학교수들이다. 서양 고대사나 유럽 중세사에 관한 숙제를 내면 많은 학생이 시오노 나나미의 로마인 이야기를 베껴서 리포트로 제출했다. 한발 더 나아가 그 내용을 인용하며 교수의 강의에 이의를 제기하는 일이 다반사여서 골머리를 앓았다. 한길사가 출판한 「로마인 이야기」의 국내 판매 부수가 400만 부에 이르렀으니 그럴 만도 하다.

스토리 텔링의 흐름 「로마인 이야기」

시오노 나나미는 도쿄에서 태어나 엘리트의 성장 과정을 거쳤다. 명문 히비야 고교와 가쿠슈인 대학교 철학과를 졸업했으며, 일찍이 폴브라이트 장학생에 선발되어 미국 유학을 다녀왔다. 일본의 문예지 중앙공론에 「르네상스의 여인들」로 등단(1969)한

후 이탈리아에서 이탈리아인 치과의사와 결혼하여 슬하에 아들 안토니오 시모네를 두었다. 이후 그녀는 명작으로 꼽히는 「체사레 보르자 혹은 우아한 냉혹」(1970)을 저술하여 국제적 명성을 얻었다. 사실 나는 이 책을 통해 피비린내 나는 이탈리아의 통일사를 이해했다.

현재 그녀는 피렌체와 베네치아에 머물며 작품활동을 하고 있다. 「노르웨이의 숲」의 저자 무라카미 하루키 역시 베네치아에 거주하고 있다. 시오노 나나미는 「로마인 이야기」가 역사적 진위의 사실확인에서 욕을 먹고 있다는 사실을 인지하고 있다. 이에 대해 그녀는 자신의 작품 저술 방식이 정당하다는 것을 애써 설명하고 있다.

"나는 직접 도서관에 파묻혀 자료를 수집하였고 고대 문헌을 인용하였다. 나에게 이래라저래라하는 분들이 있는데 내 집필 방식을 이해해 주었으면 좋겠다."

즉, 자신은 표절하지 않았고 허위사실을 적시하지도 않았으며 집필 윤리를 위반하지 않았다고 변명한다.

"나는 역사학자가 아니고 아마추어 역사가일 뿐이며 소설가다"

오류를 합리화시키는 주장이라고 비난할 수는 있겠지만 딱히 집필 방식이 잘못되었다고 지적하기도 어려운 대목이다. 특히 나같이 이탈리아의 유서 깊은 대형 도서관에 가서 고문서를 직접 뒤져 볼 능력이 없는 평범한 독자들에게 정말 중요한 것은, 역사소설로서 재미가 있느냐의 여부가 아닐까?

세계 정복의 영웅 알렉산더를 새롭게 조명한 「그리스인 이야기」(2015~2017)도 눈길을 끄는 대하소설이다. 이 소설도 희랍 문명의 찬양 일색이며 영웅본색이라는 비판이 있으나 역시 잘 팔리고 있다. 애써 관심을 기울이지 않으면 잘 몰랐을 그리스의 역사와 그 문명이 세계에 끼친 이야기를 접하는 재미를 만끽할 수 있기 때문이다.

독자들은 일찍이 그녀의 작품 「체사레 보르자」를 통해 로마 멸망 이후, 튀르키에(터키)와 에스파냐가 아프리카 해적들을 앞세워 무주공산의 이탈리아를 침략한 것이 무슨 의미를 내포하고 있는지를 학습하였다. 제국주의가 갖는 단점이 있지만, 세계의 질서를 유지했던, 제국 로마가 사라진 이후 이탈리아 전역과 유럽세계는 해적의 표적이 되었다.

400여 년간 500만 명을 헤아리는 여성과 어린이가 노예로 잡혀갔고, 그 인질들을 목욕장인 '터키탕'에 몰아넣어 먹이고 재우며 팔고 샀다. 해가 지지 않는 나라 대영제국이 나타나기 전까지 로마제국의 빈자리는 해적질과 납치와 살인, 무질서의 약육강식이 판을 쳤다.

한국의 '수입소설' 판매량은 세계의 연구 대상이 될 만큼 거대하다.「개미」(1991)를 쓴 프랑스의 소설가 베르나르 베르베르는 프랑스에서는 잘 알려지지 않은 작가다. 작품 판매도 그리 많지 않다. 그러나 1993년 한국에서 번역 출간되면서 100만 부를 찍었고, 다른 작품들을 포함하면 1천만 부의 누적판매라는 기록을 남겼다.

무라카미 하루키의 소설「노르웨이의 숲」(1987)은 전 세계 약 400만 부의 판매량 중 한국에서만 100만 부를 훌쩍 넘겼다. 판매량의 신기록에 속하는 한국의 작가 중에 신경숙의 소설「엄마를 부탁해」(2008)가 220만 부, 조정래의「태백산맥」(1989)이 860만 부, 박경리의「토지」(1969~1994)가 330만 부, 이문열의 평역「삼국지」(1988)가 1천8백만 부인 것을 생각하면 그에 못지않게 외국 베스트셀러 작가들의 판매량이 대박을 터트린 것이다.

독서에 있어서 국내외 작가를 차별할 필요는 없지만, 대형 출판사들의 '기획출판'이 우리 독자들을 어떻게 유인하는지는 성찰해 볼 일이다. 다만 작가 한강의 소설「채식주의자」(2007),「소년이 온다」(2014),「작별하지 않는다」(2021) 등이 각기 3, 4백만 부를 넘긴 가운데 노벨문학상 수상(2024) 이후 폭발적인 판매량을 보이는 것을 보면 작가와 작품의 세계화가 초래하는 결과가 어떠한지를 가늠하게 한다.

그렇다면 밀리언셀러가 탄생하는 비결은 무엇일까? 책과 영화, 음반의 경우 노벨상이나 아카데미상, 각종 수상경력이 가져 오는 후폭풍이 있다. 그렇지만 무엇보다 한길사 등 국내의 큰 출판사가 치밀하게 기획하는 작품들이 밀리언셀러로 등극하는 것이 상례(常例)가 되고 있다.

여기서 눈여겨볼 대목은 시대의 트렌드이다. 한강의 노벨문학상 수상은 2024 노벨문학상의 트렌드 기준이 미래를 여는 '비폭력 이상주의'에 있었기 때문에 가능했다(트렌드 노벨상 2024 작가 한강, 교육 플러스, 김대유, 2024. 참조). 한강의 작품 「채식주의자」 등이 그 기준을 충족했기 때문이다.

무라카미 하루키의 「노르웨이의 숲」은 한국에서 군부 정치가 종식되고 대통령 직선제가 시행되는 시점에 출간되었다. 젊은이들의 '뜨거운 사랑과 갈망의 욕구'는 사랑 본색의 무라카미 소설에 입맞춤했다. 베르나르 베르베르의 개미가 히트한 것은 올림픽(1988) 이후 국제적 트렌드를 추구하는 과학적 사고에 초점을 맞추었기 때문이다. 「개미」는 정신적 상상력과 도약을 전제하는 SF 소설로 주목을 받았다.

시오노 나나미의 「로마인 이야기」는 1990년대에 경제적으로 도약하는 한국의 국력이 성장하는 시기에 출간되었다. 소련의 붕괴에 이어 한중 수교와 한러 수교가 이루어졌고 한국의 시선은 국제화로 모아졌다. 탈냉전의 시대를 맞이하여 세계적 스케일의 읽기 쉬운 거대한 로마사가 '스토리 텔링'의 형식으로 다가오자, 역사 이야기를 좋아하는 독자들은 그만 감동하고 말았다. 로마인 이야기의 역사적 팩트? 그런 걸 따질 계제가 아니었다. 그냥 폭풍처럼 읽기가 바빴다. 사람이나 책이나 자기 운명을 타고난다고 식자들은 말한다. 사주팔자처럼 책이 출간되는 시점에 따라 책도 운명이 정해진다는 말은 나름 재미있는 속설이다.

역사복원의 원동력, 포용력과 개방성

에쿠니 가오리의 역작 「냉정과 열정 사이」(1999)에서는 이별 남녀의 재결합이 드라마처럼 펼쳐진다. 2003년 노무현 정부의 일본문화 개방정책의 산물로 한국에도 영화가 개봉되었다. 그 영화에서 흥미롭게 느껴진 것은 남자 주인공 아가타 준세이의 직업이었다.

복원 화가라는 낯선 영역을 이루기 위해 주인공은 이탈리아에 유학하여 훼손된 세기적 명화들을 복원하는 일에 몰두한다. 그 과정에서 아프게 이별한 여주인공 아오이를 재회하게 된다. 준세이는 일찌감치 깨져버린 사랑을 다시 꿰맞추기 위해 온 힘을 다한다. 그것은 마치 찢어진 그림을 복원하는 과정과 너무나 닮아있다. 아! 사랑도 복원이 되는구나. 깨진 사랑은 '은장도로 마무리'되는 한국인의 정서와 거리가 먼 얘기이지만 한편 마음이 따뜻해지는 스토리 텔링을 선사한다.

시오노 나나미의 역사 이야기에는 어떻든 상처와 상실의 역사를 하나씩 온전하게 복원시키는 매력이 담겨있다. 교황의 사생아로 태어나 약관 27세에 이탈리아를 종횡으로 누비며 통일을 이루었지만 32세 젊은 나이에 전장에서 비명횡사한 체사레 보르자, 「군주론」의 모델로 알려진 그 비운의 청년을 역사의 무대에 다시 등장시켜 독자들을 매료시키는 과정은 '역사복원'의 과정을 방불케 한다.

나는 잔혹하고 냉정한 영웅「체사레 보르자」를 읽었다. 동시에 그 잔혹성 속에 감춰진 연민을 볼 수 있었던 것은 시오노 나나미의 복원력 덕분이다. 체사레 보르자에게 마음을 열 수 있었고, 그에 대한 냉정함을 포용할 수 있었다.

"역사소설의 역사복원은 개방성과 포용력이 관건이다."

시오노 나나미가 스스로 믿었던 '아마추어 역사가'의 힘이 그런 것은 아니었을까? 그녀의「로마인 이야기」서두에는 카르타고와 그리스, 켈트보다 미개하였고, 체격도 열등했던 로마가 왜 융성할 수 있었는지 차근차근 서술하였다. 팍스 로마나(Pax Rome)의 비결은 개방과 융합이었다.

지금의 시선으로 볼 때 한창 부족하겠지만 공화정과 황제정,

다시 황제정과 공화정으로 이어지는 로마의 국가경영은 아테네의 민주주의를 보완하고 스파르타의 노예정을 벗어던진 신제국주의였다. 시오노 나나미는 거대한 국가경영의 틀을 소설의 언어로 풀어냈고, 동시에 여성 특유의 섬세한 시선으로 그 동력을 만들어 낸 영웅들의 내면을 들여다보았다.

율리우스 카이사르에 대한 부분도 짚어 볼 필요가 있다. 카이사르가 로마 전체는 아니지만, 카이사르 없는 로마는 이순신 없는 임진왜란의 조선과 조금도 다를 바 없다. 우리가 그 사실을 이해할 수 있다면 카이사르에게 푹 빠졌던 시오노 나나미의 편애를 조금은 공감할 수 있지 않을까?

그녀의 소설은 스토리 텔링이 나타내는 과감하고 솔직한 방식을 담고 있다. '역사와 인간'의 상관관계를 매섭게 파헤친 시오노 나나미의 역사 이야기는 그래서 재미있다. 긴 세월 그런 역사 이야기를 이탈리아의 도시국가에 푹 파묻혀 끝내 써 내려간 시오노 나나미, 욕먹는 아마추어 역사가를 추어올리는 일도 비난하는 일도 다 심란한 일이다.

13 여성주의적 실존주의! 시몬느 드 보부아르

「제2의 성」, 페미니즘의 어머니,
스스로 계약 결혼과 여성의 독립적 삶의 모델이 되다.

「제2의 성(性)」, 시몬느 드 보부아르

시몬느 드 보부아르(1908~1986, 프랑스)는 20세기의 새벽에 태어났다. 작가이자 사회운동가, 페미니즘의 영웅으로 칭송받는 그녀에게 정작 가장 소중한 것은 자신의 '내 인생'이었다. 모든 것을 바꿔서라도 얻을만한 가치는 '자유'였고, 남성이 여성을 우애(友愛)의 존재로 인정할 때 비로소 인류적 평등이 실현된다고 역설하였다. 왜냐하면, 당시는 모든 면에서 여자가 차별받는 시기였기 때문이다. 이러한 공론화 작업은 결국 우애적 사랑이 남녀의 차별적이며 계급적인 성차별을 뛰어넘어 인류의 보편적 가치로 자리 잡아야 한다는 당위성을 제공했다.

현재의 열린 시선으로 볼 때도 전혀 불가능할 것 같은 시몬느 드 보부아르(이하 보부아르)의 인생, 즉 '계약 결혼', '자유연애', '저술과 사회활동'은 어떻게 가능했을까? 혹자들은 그녀 자신의 자유로운 영혼이 발휘하는 능력 때문이라고 보았겠지만, 다른 면에서 적어도 선지자적 지식인 여자가 마녀로 몰려 화형을 당하는 시대는 아니었기에 가능했다고도 말한다.

나도 상당 부분 동의하는 대목이다. 그러나 보부아르가 아니고 다른 여성이었다면 가능했을까? 역시 내 답은 아니다. 이래저래 보부아르는 난감한 사람이다. 그 삶의 궤적이 정말 만만치가 않다. 세기적 화제라고 불릴 만큼 보부아르와 그녀의 연인 사르트

195

르의 계약 결혼생활은 시시콜콜 국제 뉴스였고 가히 장안의 화제였다.

프랑스 파리에서 보수적인 가톨릭 집안의 딸로 태어난 보부아르는 평생 파리지엔(파리의 여자)으로 살았다. 아버지는 법조인 출신이지만 배우이기도 했으며 딸에게 희곡과 문학의 '후천적 DNA'를 물려주었다. 그녀는 일찍이 15세에 유명한 작가가 되기로 미래의 희망을 정했으나 철학에 부쩍 관심이 높아져 소르본 대학의 철학 전공을 선택했다. 열심히 공부하여 늘 2등을 놓치지 않았고(대학의 관례상 1등은 남자), 19세에 문학사를 취득했다.

소르본 재학시절 훌쩍 키가 크고 피부가 하얀 미인으로 인기가 높았던 그녀는 키가 작고 오른쪽 눈도 잘 보이지 않은 사르트르와 연애를 했다. 단연코 그들은 엽기적 CC(캠퍼스 연인)로 이목을 끌었으나 둘 다 천재였기에 학우들의 시선은 관대한 편이었다(천재들은 늘 용서받기 마련이다). 그녀는 1929년 소르본에서 치른 철학 교수 자격시험에서 사실상 최고 점수를 인정받았지만, 남자 몫인 1등은 경쟁자이자 연인이었던 사르트르에게 돌아갔다.

이후 보부아르는 마르세유, 파리, 루앙 등에서 학생을 가르쳤지만 1943년 교직에서 해임되었다. 제자들과 동성애 관계를 유지한다는 민원 때문이었다고 한다. 어떤 이유로든 교직에서 해방을 받은 그녀는 날개를 단 듯이 저술 활동에 꽃을 피웠다.

보부아르는 1943년에 형이상학적 소설인 「초대받은 여자」를 선보였다. 루앙고등학교 제자였던 올가와 나눈 사랑, 그리고 올가를 짝사랑하다가 외면받자, 그녀의 동생인 완다를 좋아하게 된 사르트르, 나아가 보부아르의 애인이었던 자크로랑과 올가는 결혼하게 되고, 그런데도 죽을 때까지 올가와 완다 자매를 물심양면으로 후원한 사르트르와 보부아르는 범인(凡人)들이 도저히 이해하기 힘든 실제의 삼각 구도를 소설화했다.

사랑은 본질보다 실존이 앞선다는 자신들의 철학적 이론을 실천에 옮긴 것이다. 요즘 일부 한국의 태극기 부대와 보수 기독교인들이 2024 노벨문학상 수상작인 한강의 「채식주의자」가 선정적인 내용을 강조하고 부도덕성을 옹호한다며 트집을 잡는 풍경을 생각하면, 당대의 종교적 시선이 얼마나 보부아르를 증오했을지 짐작이 가는 대목이다.

지금도 명성이 높은 프랑스의 문학상인 콩쿠르상을 받은 그녀의 작품 「레 망다랭」(1954)은 제2차 세계대전의 '1943년 8월 파리해방' 이후 12월 크리스마스 파티에 모인 레지스탕스 출신의 인물들이 펼치는 사회적 갈등을 다루었다.

좌파와 우파, 공산주의와 자본주의가 충돌하는 장면은 8·15 광복과 6.25전쟁을 겪은 한국의 사회상을 투영시킬 만큼 낯설지 않다. 이 작품 역시 카뮈, 로베르, 사르트르 등 보부아르를 둘러싼

지인들의 애정 갈등 이야기 등을 각색하여 담았다. 이 밖에도 그녀는 여러 논문을 통하여 자신의 페미니즘 정체성을 확고하게 드러낸 바 있다. 「피루스와 키네아스」(1944), 「애매함의 도덕에 관하여」(1947)는 중세의 신권(神權)을 대체한 인권(人權)의 개념을 친절하게 설명한 실존주의 윤리학으로서 학문의 기초를 다지는 교과서로 읽혔다.

보부아르의 역작 「제2의 성」(1949)은 그녀를 세상에 널리 알린 최대의 신호탄이었다. 두 편으로 저술된 이 책은 실존주의 철학이 비껴간 여성주의를 꼼꼼히 따지며 후천적으로 규정되는 여성의 성(性)이 어떤 의미를 지니는지 설명하고 있다. 그녀는 이 책을 통해 자신의 철학을 일방적으로 고집하지 않았다. 타자에 대한 헤겔의 관점(완전한 타자)을 도입하여 체계적으로 이론과 실증을 전개하여 '여성주의적 실존주의'를 성립시켰다.

나는 1987년 8월 5일, 뒤늦은 이십 대 중반에 제2의 성을 읽었다. 나 스스로 인류의 최상위 포식자(남자?)로서 고단한 청춘을 겨우 이어가던 시절이었다. 보부아르는 2등 인류인 여성의 존재가 어떻게 본질에서 형성되었는지를 내게 알려주었다. 골치 아픈 청년을 더 골치 아프게 만든 일이었다.

"남성은 더한층 경제적이고 사회적인 공고한 기반 위에 우뚝하게 서 있다. 그러므로 여자의 전통적인 숙명을 세밀하게 연구할 필요성이 있다. 어떻게 하여 여자는 자기의 신분에 갇힌 수업을 받는가? 어떻게 스스로 느끼고 있는가? 또한, 어떤 세계에 갇혀 있는가? 어떠한 탈출방법이 여자에게 허용되어 있는가? 나는 이 제부터 그런 것을 여기에 적어보려고 한다."

-「제2의 성」, 선영사 번역실, 1986

여성이 남성의 성적·사회적 타자가 아니라 한 인간으로서 존재하는 완전체임을 강조하며, 남성이 여성을 완전한 타자로 인정하고, 여성도 스스로 그러한 인식을 가질 때 진정으로 평등을 누릴 수 있다는 뜻이다. 세상의 거의 모든 제도는 아직 여성을 완전한 타자로 인정하지 않고 있다. 예컨대 한국의 주민등록번호 뒷자리는 남자가 1 여자가 2이다(2000년대생 이후는 남자 3, 여자 4). 남녀의 사회적 역할구조도 아직 1과 2로 구분되는 경향이 있다. 흔히 한국의 이대 남(이십 대 남자)들이 상대적 박탈감을 느낀다는 체감(여성이 최상위 포식자)과 달리 2022년 세계경제포럼(WEF)에서 측정한 우리나라의 국제 성 격차 지수는 156개국 중 102위로 하위에 속한다. 자유와 평등의 나라 프랑스 역시 22위를 기록하고 있다.

내 가장 소중한 작품 '내 인생'

보부아르의 남자, 장 폴 사르트르(1905~1980)와 그녀의 관계는 소르본 대학의 동기이자, 계약 결혼의 평생 반려였다. 둘 다 사상적으로 좌파였으며 한때 공산당에 매료되었지만 1956년 소련의 부다페스트 침공으로 공산주의와 거리를 두었다. 사르트르는 20세기를 좌우하는 사상가답게 스탈린주의로 대변되는 소련 공산주의를 집요하게 비판하였다. 공산주의에 대한 미련을 버린 것은 아니었지만 '스탈린의 환상'이라는 긴 분량의 칼럼을 통해 소련의 침략주의와 독재에 대해 침묵하는 프랑스 공산당을 비난했다. 이러한 집필활동으로 인해 '사르트르적 사회주의'라는 말이 신조어로 등장하기도 했다. 이 용어는 후에 사르트르가 자신의 저서 「변증법적 이성 비판」(1960)에 수록함으로써 후대에 철학적 용어로 알려지게 되었다. 그는 마르크스주의를 끝내 내려놓지 않았지만 '소련 방식의 마르크스주의'는 이미 죽었음을 밝혔다.

사르트르는 프랑스에서 현대철학의 자유로운 영혼으로 군림했다. 논설도 언제나 거침이 없었다. 그는 파블로 피카소, 알베르트 카뮈, 존 레넌과 함께 20세기를 대표하는 진보적 예술가의 반열에 올랐다. 실존주의 철학이라는 용어조차 그의 창작물이다. 마침 프랑스 파리는 현대철학의 산실로 국제사회의 이데올로기를 좌우하는 시기를 누리고 있었다.

내 생각에 사르트르는 시대적 운을 타고 난 사람이다. 보부아르 같은 천재 미인을 만났으니 여자 운도 좋았다. 그러면서 다른 여자들에 대한 욕심도 많아 연인 보부아르에게 "결혼하지 말고 동거 혼으로 계약 결혼을 하자"고 먼저 제안했다. 보부아르는 자발적으로 동의했고 철학적 신념으로 그 사실을 승화시켰지만, 사실 선택의 여지가 별로 없었던 셈이다.

보부아르와 사르트르의 기묘한 관계는 늘 세간의 화제를 불러일으켰다. 둘은 거의 평생 몽파르나스의 거리에 있는 카페 '생제르맹 데 프레'에서 시간을 보냈다. 책이나 논문을 낼 때 둘은 서로의 글을 검토하여 의견을 물었다. 모든 저서는 출간 전에 공유하여 검토했고, 죽을 때까지 그 관행은 지속하였다. 두 사람의 카페 생활은 카페 족들의 선망이었다.

두 사람은 각자 서로 다른 이성과 연애를 하면서 고통스러운 질투에 시달리기도 했지만, 함께 만드는 지적 작업을 멈춘 적이 없다. 사르트르는 보부아르가 수천 명의 여성과 함께 성폭력과 여성 차별 금지, 여성의 낙태 주권 허용을 외치며 샹젤리제 거리를 행진할 때 든든한 우군이 되어주었다. 보부아르 역시 사르트르가 모든 정치적 억압을 배격하면서 자유롭고 평등한 사회주의를 실현하자는 운동을 전개할 때 뜻을 함께했다. 두 사람은 사상적 동지였고 지성의 동반자로서 최선을 다했다.

둘은 그 많은 지적 사유와 치열한 사상을 어디에서 나누었을까? 객관적으로 둘은 생제르맹 데 프레 카페에서 많은 시간을 머물며 토론했다. 예나 지금이나 카페의 힘은 위대하다. 두 사람은 카페 족의 원조라고 해도 과언이 아니었다. 둘은 역시 죽음도 함께 했다. 1986년 폐렴으로 사망한 보부아르는 몽파르나스 공동묘지의 사르트르 곁에 묻혔다. 사르트르가 죽었을 때 보부아르는 애증이 깊었음에도 그의 시신에 키스하며 '더 살 의욕이 없다'라며 긴 시간 통곡했다.

사실 두 사람의 사랑은 남다른 희생과 노력을 통해 이루어진 결과였다. 누구든 감정적으로 혹은 혼인을 위해 사랑할 수는 있지만, 철학적 사유를 실천에 옮기기 위해 사랑과 결혼을 하기는 힘들다. 사르트르 사후에 집필된 보부아르의 저서「작별의식」(1981)에서 '두 사람은 서로를 자유롭게 하는 지적 동반자 관계의 계약 결혼'에 관해 진솔하게 고백하고 있다.

보부아르: 우리 두 사람은 한 사람이나 다름이 없다. 거짓말이 아니다. 우리 두 사람의 조화는 그냥 이루어진 것이 아니다. 서로 끊임없이 노력한 결과다.

사르트르: 우리에게 무슨 일이 일어나든, 내가 어떤 일을 하고 무슨 행동을 하든지(보부아르에게 상처를 준다 해도) 나는 변한 적이 없

고 앞으로도 변하지 않을 것이다. 나는 언제나 당신 보부아르와 함께 할 것이다.

둘의 사랑은 지금의 시선으로 보면 완벽한 '우애적 사랑'이다. 미국의 심리학자 로버트 스턴버그(1949)는 '사랑의 삼각형 이론'에서 친밀감, 열정, 헌신을 사랑의 구성요소로 제시했다. 친밀감은 데이트의 초입에서 보이는 구애의 요소이고, 열정은 낭만적 사랑의 필수요인이며, 헌신은 관계의 지속에 필요한 책무감이다. 그는 중매결혼처럼 친밀과 열정이 생략된 헌신은 허구적이라고 생각했다. 그 사랑은 공허한 사랑이기 때문이다. 스턴버그는 당연히 이 세 가지 요소가 완전한 삼각형을 이루는 것을 '온전한 사랑'으로 규정했다.

그러나 둘의 만남에서 세월의 흐름을 따라 낭만적 열정이 식을지라도 사랑의 삼각형은 친밀함과 헌신으로 뭉쳐진 '우애'라는 탑을 쌓을 수 있다. 사르트르와 보부아르의 관계는 계약 결혼을 통해 각자 독립과 자유를 노리지만 언제나 변치 않은 '우애적 사랑'을 공유하는 것이었다. 역시 아무나 할 수 있는 행동은 아니다.

보부아르는 사르트르와 관계가 틀어지고 불화가 발생하면 어김없이 글쓰기에 더욱 집중하였다. 미움과 질투 대신 지성을 택

하는 일은 고통을 수반한다. 미움은 아무리 작아도 위험한 것이다. 창작은 미움을 상쇄하고 언제나 사랑으로 돌아가는 마법이었다. 보부아르는 사르트르가 미워질 때 이렇게 말했다.

"내 가장 소중한 작품은 내 인생이다."

글쓰기는 과정이지만 인생은 늘 결과다. 나쁜 결과를 얻지 않으려면 고통스럽더라도 좋은 과정을 선택해야 한다. 그것이 슬기로운 인생이다. 자기 자신 만큼 소중한 작품은 세상에 없다. 보부아르의 고백 앞에서 눈시울 뜨겁지 않을 사람이 있을까?

썼다 지운다, 널 사랑해

나는 1980년대 이십 대의 청춘 시절에 「제2의 성」, 제1장의 첫 구절을 읽으며 가슴이 떨리고 먹먹했었다. 도대체 무슨 말을 하는지 이해도 잘되지 않았다.

인간은 여자로 태어나는 것이 아니라 여자로 만들어진다.-(제1장 유년 시절)
여자들에 의해서 여자의 세계에서 내부적으로 키워진 그들의 일

반적인 운명은 그녀들을 더한층 남자에게 굴종시키는 결혼이다.

- 저자의 서문

세상에! 보부아르는 결혼제도를 향해 투쟁을 선포한 것이다. 아직 결혼을 안 한 내게 그 투쟁은 정체성이 가늠되지 않은 모호함으로 다가왔었다. 그녀는 나에게 답했다.

"신화를 배격하고 진실을 말하는 것이 내가 나의 작품 속에서 추구한 가장 집요한 목적이었다."

문제는 언제나 진실이었다. 다만 그 진실이 무엇인지 이해할 수 있는 일은 지난(至難)한 일이다. 중세의 신권과 현대의 인권은 외형상 대립적 관계이다. 그러나 믿음 속에서 간절히 신을 부르는 소리는 화해의 관계이다. 보부아르의 신앙관을 알 수는 없지만, 신화의 숙주인 신을 무조건 부정하지는 않았다. 신화의 매개체로 인정했다. 그리고 대화와 탐사를 통해 본질을 극복하고 존재를 깨닫게 하는 글쓰기 방법을 구사했다. 솔직하고 직설적이며 담대한 그녀의 삶은 작품 속에서도 거침이 없다.

그녀의 작품들은 여성의 인권을 옹호하려는 날카로움보다는 완전체로서 남성에게 '완전한 타자'로 여성이 인식되어야 한다는 당위성을 체계적으로 나타내고 있다. '평등의 그러함'을 강조한 것이다.

　나는 1992년 3월, 세 번째로 발매된 김광석의 노래 〈잊어야 한다는 마음으로〉를 처음 들었을 때 문득 청춘의 서러움을 느꼈다. 이별의 아픔과 함께 떠나보낸 여자의 슬픔이 겹쳐지며 사랑했던 여자의 존재가 나와 동일체인 '사람'으로 온전하게 느껴졌다. 그녀를 직시하게 된 것은 사랑 때문이었다.

　비로소 젊은 내 마음을 흔들었던 시몬느 드 보부아르의 '완전한 타자'가 무엇을 뜻하는지 이해하였다. 나는 보부아르와 사르트르의 사랑이 얼마나 위대한지 짐작할 수 없지만 두 사람의 '삶의 기적'은 순수한 사랑의 결과물일 것이라고 믿는다. 무엇보다 심신을 다해 결혼제도와 투쟁했던 보부아르가 얼마나 많은 나날을, 숱하게 새벽이 올 때마다, 하얗게 밝아 온 유리창에 "사르트르! 그를, 썼다 지운다. 널 사랑해"를 반복했을까를 생각했다.

〈잊어야 한다는 마음으로〉

　…밤하늘에 빛나는 수많은 별

　저마다 아름답지만

　내 맘속에 빛나는 별 하나

오직 너만 있을 뿐이야.

창틈에 기다리던 새벽이 오면

어제보다 커진 내 방 안에

하얗게 밝아온 유리창에

썼다 지운다. 널 사랑해

- 김광석 작사 작곡 〈잊어야 한다는 마음으로〉 중에서

보부아르와 사르트르의 실존주의 철학은 두 사람의 눈물겨운 사랑 이야기이다. 두 사람의 치열한 삶의 여정 덕분에 20세기 인류의 정신사는 앞으로 나아갈 수 있었다. 두 분께 진심으로 감사드린다.

14 2024 노벨상 트렌드, 노벨문학상 '한강'

2024 노벨문학상 수상자, 「소년이 온다」, 「채식주의자」 등,
비극을 직시하며 비극 저편의 정의와 사랑을 주목한
여리고 따뜻한 사람.

한강의 강렬한 시적 산문들

왜 하필 한강(1970)인가? 일본의 저명한 작가 무라카미 하루키(1949)와 중국의 현대 작가 옌롄커(閻連科, 1958)에 비해 연륜도 낮고 작품 양도 적은 한강이 2024 노벨문학상 수상의 영광을 안은 이유는 무엇일까? 한강의 소설들에 대해 스웨덴 한림원은 강렬한 심사평을 내놓았다.

한강은 작품마다 역사적 트라우마를 직시하였고, 인간 삶의 연약함을 드러내는 강렬한 시적 산문을 선보였다.

이어 뉴욕타임스(NYT)는 "김대중 대통령의 노벨평화상과 한강의 노벨문학상 수상의 저변에는 분단과 전쟁, 군사독재, 민중 학살, 민주주의를 위한 피비린내 나는 투쟁, 노동권 쟁취 등 격동의 현대사가 담겨있다"라고 보도했다. 이는 한국인의 응원과 후원으로 수상의 영광을 안았다기보다는 오히려 현존하는 한국의 전근대적 관습과 인권탄압, 폭력주의에 저항하는 작가정신의 승리라고 분석한 것이다. 한강의 정신세계는 인간 본연의 양심과 맞닿아 있다.

군인들이 압도적으로 강하다는 것 모르지 않습니다. 다만 이상한

건 그들의 힘만큼이나 강력한 무엇인가가 나를 압도하고 있었다
는 겁니다. 양심. 그래요. 양심. 세상에서 제일 무서운 게 그겁니다.

- 한강, 「소년이 온다」 中에서

한강의 수상은 몇 가지 의미를 부여하고 있다. 노벨문학상 제
정 이후 123년 만에 최초로 나온 아시아 여성 작가의 수상이라는
진기한 기록이다. 또한, 작품의 내면에 불의의 역사를 지적하고
분노한 역사적 트라우마를 담았으며, 비현실적이고 초현실적인
실험주의 소설기법으로 인간 존엄에 중심을 둔 휴머니즘과 독특
한 페미니즘의 새로운 시선을 전개했다. 그리고 그 점이 바로 국
내의 극우세력과 일부 종교집단의 질시(嫉視)를 받는 부분이다.

한강의 대표작에 해당하는 작품들은 그 성격이 매우 다채롭다.
2016년 부커상을 받은 「채식주의자」(2007)는 주인공 영혜를 필
두로 언니와 형부가 서로 얽히며 영혜의 육식 거부를 둘러싼 사
건들이 불거지는 내용이다. 그림 문신으로 드러낸 감정의 기복,
불륜의 욕망이 빚어낸 억압과 슬픔, 가족들에 의해 폐기 처분되
는 채식주의와 비폭력주의가 슬픈 빛깔로 채색되어 독자들의 마
음을 흔들어 놓았다. 기존의 한국 소설들과 분명히 다른 '인간 존
엄의 트렌드'를 선보였다.

5.18 광주 민주화운동을 다룬 「소년이 온다」(2014)에서는 온통

독자의 마음을 동요시킨 문장들이 빛을 발휘하였다. 인간의 연약함을 시적으로 표현한 울림은 '마음을 안으로 삼키는' 표현 기법을 구사하였다고 평론가들은 말한다.

누가 나를 죽였는가. 누가 누나를 죽였는가.
당신이 죽은 뒤 장례를 치르지 못해 내 삶이 장례식이 되었습니다.

제주 '4.3 민중 학살'을 세 여인의 시선으로 바라본 「작별하지 않는다」(2021, 메디치상)에는 비극의 울렁거림을 주인공 경하가 꾼 꿈을 통해 재현해 내고 있다. 수천 그루의 통나무가 묘비처럼 심어진 그로테스크한 풍경, 눈 내리는 벌판의 아득함, 묘지 위로 차오르는 물결 속에서 뼈들이 쓸려나갈까 염려하다가 미처 담지 못하고 깨는 꿈에는 '통곡(痛哭)'이 통곡(慟哭)처럼 담겨있다. 한강의 작품에는 등장인물의 생각과 감정에 따른 몸의 언어와 색깔이 실시간으로 채색된다. 마치 AI가 작동되는 것처럼 인간애의 울렁거림이 느껴지는 창작기법은 놀랍다. 세계적인 현대문학의 흐름에서 분명 시대 맞춤의 기법으로 전개된 소설이다.

2024, 한강 노벨상과 윤석열 비상계엄령

2024년 12월 3일, 저녁 10시 30분, 한국의 대통령 윤석열은 비상계엄령을 선포하였다. 그는 45년 전 전두환 군부가 광주의 국민을 학살했던 공포정치를 답습하면서 순식간에 '국민 공포의 논픽션 드라마'를 부활시켰다. 경찰이 국회를 봉쇄하여 의원들을 의사당에 못 들어가게 막았지만, 그 절박한 순간에 수천 명의 시민과 기자들이 국회로 달려왔다. 국회의장을 비롯한 여야 당 대표, 의원들은 의회 담장을 넘어 국회로 진입했다. 시민들은 무장한 군인들(공수부대 등)과 몸싸움을 벌였다. 여의도 곳곳에서 군대의 장갑차를 가로막았다. 실로 목숨을 건 시민저항이었다. 젊은 군인들은 총을 쏘지 않았고 소극적으로 임무에 응했다. 시민들에게 여러 번 허리를 굽혀 사과하는 군인도 있었다.

이번 불법 계엄은 5.18 광주학살 때와 분위기가 달랐다. 특수부대의 난입에도 불구하고 국회는 0시 38분에 190명의 국회의원이 국회의사당에 집결하여 만장일치로 탄핵을 부결시켰다. 이 모든 장면은 국내외 언론에 의해 모두 생중계되었다. 이 기막힌 광경은 국내는 물론이고 전 세계에 실시간으로 방영되었다. BBC와 뉴욕타임스, NHK, AP 통신 등이 '공포의 계엄령'과 '계엄령에 대한 시민저항'을 외부에 타전했다. 이후 윤석열은 국회에서 탄핵이 되었다.

그는 대통령 관저에 숨어 경호처 직원들을 순장 조로 묶어 체포되는 것을 막으려 했지만, 경호원들은 동조하지 않았다. 2025년 1월 15일 윤석열은 공조 본(고위공직자수사처, 국가수사본부 경찰)에 체포되어 서울구치소에 수용됐다. 그리고 2025년 1월 19일 새벽에 서울서부지법의 차은경 판사에 의해 구속영장이 발급되어 수인(囚人)이 되었다. 그리고 마침내 검찰은 그를 구속 기소하였다. 이 과정에서 5.18 광주학살을 다룬 「소년이 온다」를 썼던 한강은 큰 충격을 받았다. 그녀는 조국의 위기에 대해 노벨상 수상 인터뷰에서 이에 대한 심경을 토로했다.

"충격이었다. 그러나 맨몸으로 장갑차를 막고 군인들을 껴안으며 제지하려는 시민들의 모습에서 진심과 용기를 느꼈다."(2024. 12. 06.)

사실 계엄령 직후 정국은 혼란의 도가니에 빠졌었다. 내란 수괴 윤석열은 "한번 경고(겁)를 준 것이지 불법은 아니었다"라고 둘러대며 야당인 민주당을 비난했다. 12월 7일 여당 국민의 힘은 대통령의 탄핵을 반대하는 당론을 정했다. 그들은 표결을 회피하였다. 국힘의 표결 불참 도피로 인해 1차 탄핵은 부결되었다. 국회 밖에서 집회하던 국민은 그 기막힌 장면에 눈물을 쏟았다.

민중은 절망하지 않고 국회를 에워싸며 국힘을 비판했다. 전국에서 100만 명을 헤아리는 인파가 국힘 해체와 대통령의 탄핵을 요구하며 연일 집회를 열었다. 그동안 정치에 관심이 덜했던 20대들이 대거 여의도로 쏟아져 나왔다.

12월 3일 경향신문 데이터 저널리즘 팀 다이브는 "서울시 생활인구 데이터를 분석한 결과 윤석열 대통령 탄핵소추안이 국회에 상정됐던 지난 7일 여의도 국회 앞의 집회 추정 인원은 오후 5시에 가장 많았다. 이 시각대 인원을 성별·연령대로 나눠보니 20대 여성 비율이 18.9%로 가장 높았다. 이어 50대 남성 13.6%, 30대 여성 10.8% 순으로 비율이 높았다. 20~30대 여성을 합치면 29.7%로 집회 참여자 10명 중 3명꼴이었다." 젊은이들은 K팝을 합창했다. "이들은 대부분 2000년 이후 출생한 MZ 세대로, 촛불이 아닌 각자 좋아하는 아이돌 응원용 봉을 들고 집회에 참여했다."(더 팩트 2024.12.09)

2024년 12월 14일 국회는 여야 국회의원이 참여한 표결에서 300명 중 204명의 찬성으로 대통령의 탄핵을 가결했다. 국힘은 부결로 당론을 모았지만, 국민의 표결 참여 요구에 밀려 국회의사당에 들어왔다. 12명이 부결 당론을 이탈하여 찬성표를 던졌다. 민중의 승리였다. 12월 14일, 국회의 탄핵 표결 제안에서 박찬대 민주당 원내대표는 작가 한강의 글을 인용했다. 매우 인상 깊은 장면이었다. 그 연설에서 박 대표의 입을 통해 2024 노벨문학상 수상 작가 한강의 메시지가 전파를 타고 지구촌에 퍼졌다.

"현재가 과거를 도울 수 있는가? 산 자가 죽은 자를 구할 수 있는가?"
"저는 이번 12.3 비상계엄 내란 사태를 겪으며 과거가 현재를 도울 수 있는가? 라는 질문에 '그렇다'라고 답하고 싶습니다. 1980년 5월이, 2024년 12월을 구했기 때문입니다."

한강의 작품에서 1980년 5월 피눈물을 쏟으며 학살당했던 광주의 영혼들은 2024년 12월 국회 앞의 계엄령을 막아선 민중과 야당 의원들에게 "과거를 불러 내 현재를 구하라"는 메시지를 던졌다. 한강의 소설들이 왜 현재와 미래를 구하는 열쇠를 지녔는지 새삼 주목하게 된다. 정의를 직시하고 양심을 깨우는 영혼의 울림은 노벨문학상 수상의 떨림으로 응답하였다.

한강은 작가 박경리처럼 거의 두문불출하며 글을 썼다. 그녀는 주로 인간 내면의 울림을 다루었다. 대중적인 글보다는 인간의 내면과 사회적 폭력, 억압, 상처받은 사람들을 심도 있게 탐구하고 등장시켰다. 그녀의 수상은, 그리고 그 소감들은, 2024년 12월 3일 한국의 비상계엄령에서 놀라고 상처받은 민중의 마음을 달렸다. 양심과 정의에 대한 지지와 믿음을 선사했다.

한강은 1970년 광주에서 출생했다. 아버지는 「아제아제 바라아제」(1985)의 저자이며 대작가인 한승원이다. 그녀의 가정은 넉넉지 못했다. 성장기에 부모와 함께 평범한 가정생활을 영위했다. 그녀는 대학교수인 남편과 이혼하고 외동아들과 함께 살고 있다. 한강은 연세대 국문과를 졸업(1988)하고 미국 아이오와대학교 국제창작프로그램을 이수하였다. 1993년 계간 「문학과 사회」 겨울호에 「서울의 겨울」로 등단했다. 이어 1994년에는 서울신문 신춘문예에 「붉은 닻」이 당선되었다. 이후 끊임없는 창작으로 문단 생활을 이어갔고 서울예술대학교 문예창작과 교수(2007~2018)로 재직하며 강의하였다. 수상경력도 화려하다. 맨부커상(2016), 클레멘테 문학상(2019), 메디치 외국 문학상(2023), 노벨문학상(2014)의 영광을 안았다.

트렌드 AI '노벨상 2024'

작가 한강을 얘기하기 전에 이런저런 전제를 깔아보고 싶다. 영화 〈노매드 랜드〉(2021)는 시청자들에게 "모든것이 무너진 후에야 열리는 새로운 길"을 보여주었다. 이 영화는 미국에서 제작되었고 제93회 아카데미 감독상을 받은 명작이지만, 전통적인 할리우드 영화의 틀을 깬 실험적 영화에 속한다. 감독 클로이 나오(1982년생, 중국 베이징)는 40대 초반의 여성이다. 자오는 반항적인 10대를 보내며 만화 그리기, 영화감상, 팬픽 쓰기를 좋아한 MZ 세대이다.

그녀가 만든 영화 〈노매드 랜드〉는 주인공 여성 펀(프란시스 맥도맨드)이 경제의 붕괴로 도시 전체가 무너지고 파산을 맞이하면서 봉고차 한 대에 고단한 인생을 싣고 지구를 떠도는 사연을 적나라하게 보여주고 있다. 주인공은 한 번도 가보지 않은 낯선 길에서 자신의 처지와 비슷한 노매드들을 만나며, '길이 사람이 되고 사람이 길이 되는' 특이한 여정을 지속한다. 광활한 길에서 맺어지는 인연은 자유와 방랑의 힘을 이어주는 에너지가 되었다.

여성 감독이 여성의 섬세한 눈길로 잡아내는 '길의 여정'은 영화 내내 음향과 음악, 배경의 색감이 실시간으로 등장인물의 감정 변화를 따라간다. 내용에 맞춰 명곡을 깔아대는 기존의 영화들과 너무나 차별되어, 나는 〈노매드 랜드〉를 보는 내내 주인공의 감정을 색감으로 느낄 수 있었다.

영화 〈노매드 랜드〉는 감정의 변화를 시적 영상으로 공유하게 만든 놀라운 경험을 선사했다.

내 느낌이 그렇다. 할리우드의 아카데미는 중국의 젊은 여성 감독 클로이 자오에게 영화의 노벨문학상이나 다름이 없는 '아카데미 감독상'의 영광을 안겨 주었다(한국에서 개봉했지만, 흥행을 거두지는 못했다). 2021년에 나는 영화 〈노매드 랜드〉를 보며 인생의 길을 생각했고, 감동의 요리를 주제로 한 요리사 임지호(1956~2021)의 일대기를 그린 다큐멘터리 한국 영화 〈밥정〉(2020)을 보며 펑펑 울었다. 인생의 참맛을 느끼게 해준 책들과 영화는 위대하다.

2024년 10월 12일, 노벨문학상 수상 다음 날에 일부 수구적인 문인들은 한강의 수상을 폄훼하는 발언과 글을 공개적으로 게시했다. 작가 김규나는 공격적 발언 뒤에 "노벨문학상은 한강이 아니라 중국의 옌렌커가 받아야 했었다"라는 발언을 이어가고 있다. 그녀는 "한강의 작품은 역사를 왜곡하고 있으며 노벨 가치는 추락하고 있다"라며 스웨덴 한림원의 타락을 걱정하였다. 참으로 못난 발언들이라고 생각한다. 이어 한강의 삼촌으로 소개된 보수적 목사가 한강을 종교에 비추어 비난하였고, 일베와 태극기 부대 역시 그에 편승했다. 지질하고 수치스러운 행동들이었다. 이러한 주장은 시대의 흐름을 직시하지 못한 우문우답(愚問愚答)에서 비롯된 것이라고 나는 생각한다.

반면에 국내외의 손꼽히는 작가들은 한강의 수상을 진심으로 축하하였다. 최재천 교수는 그의 유튜브 최재천의 아마존(2024.12)에서 "한강의 노벨상이 얼마나 귀한 일인가"를 토로했다. 그는 한강의 수상 소식에 "굉장히 반가웠고, 저, 진짜 환호성을 지를 정도

로 반가웠습니다."라며 어린애처럼 기뻐했다. "한 가지 아쉬운 점
은 작년 겨울에 한강 작가가 참석하는 저녁 식사 자리를 놓친 것"
이라며 '그것이 천추의 한'이라고 애교 서린 고백을 했다.

그 자신 세계적인 석학이지만 한강의 수상을 마음껏 축하하는
모습, 사실 그것이 정상적인 우리 모두의 모습이 아닐까? 작가
김훈과 황석영, 시인 도종환 등 대작가들의 진심 어린 축하도 이
어졌다. BTS 등 음악계를 비롯한 거의 모든 영역에서 한강의 노
벨문학상 수상을 축하하였다.

한편 5·18기념재단과 5·18 공법 3단체(유족회·부상자회·공로자회)
는 보도자료를 내고 대한민국 민주주의와 인권의 가치를 빛낸
한강 작가의 노벨문학상 수상을 축하했다. 오월 단체는 "한강 작
가가 노벨문학상을 받았다는 소식은 국민에게 큰 감동과 자긍심
을 안겨주었을 뿐 아니라, 전 세계 자유와 인권, 민주주의를 사랑
하는 이들에게 깊은 울림을 전했다"라며, 이번 수상은 단순한 문
학적 성취를 넘어, 대한민국 민주주의와 인권의 가치를 세계에
알리고 그 위상을 드높인 위대한 업적으로 평가된다고 밝혔다(노
컷 뉴스, 2024.12.11).

2024년 노벨상위원회는 과거를 성찰하고 미래를 여는 인간 존
엄의 '노벨상 트렌드'를 세워 수상자를 선정했다. 노벨상 수상자
의 이력에는 두 가지 추세가 작용하고 있다. 과학 분야인 인공지

219

능 AI의 시대와 인문 분야인 비폭력 평화주의다. 노벨상은 분야를 선정하여 주는 상이다. 그러니 한강 개인을 지적하여 수상자격을 따지는 것은 협소한 의견이다.

노벨화학상을 공동으로 수상한 데미스 허사비스(1976년생, 구글 딥마인드 CEO), 존 점퍼(1985년생, 구글 딥마인드 수석연구원), 데이비드 베이커(1962년생, 워싱턴대 교수)는 AI 혁명을 이끈 연구가들로 정평이 나 있다. 노벨생리의학상 수상자 게리 루브쿤(1952년생, 하버드대 교수)과 빅터 앰브로스(1953년생, 매사추세츠대 교수) 역시 AI를 통해 연구했다. 심지어 AI 인공신경망을 활용한 연구자 존 홉필드(1933년생, 프린스턴대 교수)와 함께 공동으로 노벨 물리학을 수상한 제프리 힌튼(1947년생, 토론토대 교수)은 AI의 아버지로 불린다.

2024 이공계 노벨상의 영역은 AI가 트렌드이다. 인문계의 트렌드는 비폭력 평화주의와 새로운 실험적 페미니즘이다. 그런 의미에서 2024년 노벨평화상은 일본 원폭 피해의 생존자들을 주축으로 형성된 반핵운동단체 '니혼 히단쿄' 즉, 원폭 피해자단체협의회에 돌아갔다. 노벨위원회는 "핵무기가 없는 세상, 다시는 핵무기를 사용해서는 안 된다는 것을 증언하고 입증한 공로"로 이 단체를 선정했다고 밝히고 있다.

물론 노벨문학상은 멈추지 않고 절대로 눈을 감지 않은 역사 인식을 바탕으로 전개한 비폭력주의와 페미니즘의 평화로운 미래 인식을 실험적으로 다시 설정한 한강의 소설을 선택했다. 2024 노벨상 트렌드를 제대로 인식했다면 한강의 작품이 왜 선정되었는지 이해할 수 있는 대목이다.

이유 여하를 막론하고 한강의 노벨문학상 수상은 비폭력 이상주의를 가슴 밑바닥 깊은 울림으로 끌어 올리는 쾌거이며, 어쩔 수 없이 모두에게 공유되는 큰 기쁨이었다. 놀랍다.

15 「엄마를 부탁해」 작가 신경숙

질박하고 깊은 사유가 담긴 작품들로
한국의 현대소설 대중화에 기여

새들은 저마다 자기의 이름을 부르며 운다

1987년 서울 배문중학교의 교사로 처음 면접을 볼 때 학교법인 이사장의 큰아들이자 서문여고 교장인 인사권자는 내게 이렇게 물었다.

"1년쯤 배문중학교에 근무하다가 방배동에 있는 같은 재단의 서문여고로 부르면 잘 가르칠 수 있겠지요?"

"예? 예, 최선을 다하겠습니다."

"그런데 고교 1학년 성적이 전교 1등인데 왜 서울대를 안 갔나요?"

"…(우물쭈물) 가난하여 집 근처의 통학 거리 학교를 선택했습니다."

(핑계다. 공부를 못해서 명문고 진학을 못 했다.)

"그렇군요. 저는 합격입니다. 다른 심사위원님들 이견이 있나요?"

"……."

나는 대통령 박정희의 아들 박지만이 나온 학교로 알려진 배문중학교 교사로 채용되었다. 1년 후 당시 전국의 여학교에서 서울대 진학률 1, 2위를 다투던 입시명문 서문여고의 교사로 스카우트되었다. 내 인생의 처음이자 마지막으로 차지했던 '고교 1학년

223

전교 1등'의 신화가 주는 덕을 보았다. 아마 인사권자는 내가 나온 조치원고(현재 세종고)가 어떤 학교인지 좀 더 자세히 알았더라면 채용하지 않았을지도 모른다.

1980년 내가 졸업한 조치원고등학교는 '꼴통 학교'로 찍혀 있었다. 대전고나 청주고를 가지 못한 나는 읍 단위 유일한 인문계고이자 종합고 기능을 하는 조고(조치원고)로 진학했다.

조고는 유명했다. 날마다 쌈질이었다. 말 그대로 영화 '말죽거리 잔혹사'의 무대나 다름이 없었다. 3년간 반장을 했던 내가 가장 많이 겪은 것은, 맞아서 출혈하는 반 애들을 자전거 뒤에 태우고 읍내 병원에 후송하는 일이었다. 아이들은 날마다 선생님에게 맞았고 깡패들에게 돈을 뜯겼다.

조고는 3개 파의 깡패들(일진)이 판을 치는 무대였다. 제일 센 '시장 파'는 통학 길의 요지인 조치원 시장의 버스 터미널을 지키는 토박이들이었고, 청주에서 온 '청주파'와 자신들이 거주하는 조치원에 있는 보육원의 명칭을 딴 '희망파'가 뒤섞였다. 낮에는 반장 그룹으로 형성된 학생회 선도부가 아이들을 통제하였다. 3대 파는 하교하는 아이들을 등쳐서 돈을 갈취했다. 지옥 같은 나날이었지만 그때는 새파란 청춘이어서 그런지 괴로운 줄 몰랐다.

아마 내가 오랫동안 교사와 교수로 근무하면서 언론 등에 많이 알려진 '학교폭력 전문가'가 되어 관련 입법의 공동대표도 하고, 전국 최초로 경기대학교 교직과정에 학교폭력 예방 과목을 만든 것도(2013년 생방송 아침마당에 출연하여 당시 함께 출연했던 이주호 교육부 장관에게 과목 개설 승인의 응답을 이끌어 냄), 실은 이와 같이 고교 시절에 일진의 폭력 세계에 익숙해진 탓도 있었을 것이다. 나는 고교를 졸업한 후 사범대학에 진학하면서 5.18 광주학살로 인한 휴교령을 경험했다. 가난했던 나는 전두환의 '과외 금지령'이 실린 일간지를 말아 들고 고맙게도 술집 여주인의 외동아들 중학생에게 영어를 가르치는 입주 과외를 시작했다.

공교롭게도 입주한 외딴방 옆에는 두 개의 흥미로운 공간이 존재했다. 기생 술집 '다정'과 'YWCA 야학'이었다. 나는 고교 시절 절친이었던 불문과의 최병혁 군과 야학에서 교사로 봉사했다. 최 군은 영어를 가르쳤고 나는 국어를 담당했다. 병혁이는 후에 고등학교 교장이 되었다.

낮에는 공장 생활을 하고 밤에 야학에 나와서 검정고시를 준비하는 무인가 야학에서 내 나이 또래의 여공들이 파리한 낯빛으로 열심히 공부했다. 눈 내리는 겨울밤 야학의 문을 열고 마당에 나서면 바짝 붙은 옆 건물 술집 다정에서 장구를 치며 노래를 부르는 유흥의 시간이 눈발과 함께 흩날렸다. 같은 또래의 처녀들이 한패는 술집 다정에서 젓가락을 두드렸고, 한 무리는 야학에서 검정고시를 공부했다. 그녀들과 비교할 바는 아닐지 모르지만, 1980년대를 지나는 내 이십 대의 청춘 역시 불우했다. 저마다 자기의 이름을 부르며 우는 새처럼 오직 가진 것은 자신이 처한 '내 인생'뿐이었다.

나 어떡해…, 16세 소녀의 노래

작가 신경숙(1963)은 전북 정읍시 출신이다. 82학번 베이비붐 세대다. 그녀는 산업체 특별학교 영등포여고와 서울예대 문예창작과를 졸업했다. 그 시절 가난한 여공들이 낮에 일하고 밤에 공부하는 산업체 특별학교는 매우 보편적이었다. 밤에 등교하여 낮에 주간반이 앉았던 자리에서 공부하며, 책상 서랍에서 물건이라도 없어지면 야간 학생이 범인으로 몰리던 시절이었다.

대학가요 〈나 어떡해〉의 가사처럼 젊은이들은 절망스러운 세상을 향해 자주 울었다. 이 시기 한국의 청년들은 여러 개의 군집 집단으로 묶였다. 15%쯤은 대학생이었고, 상당수 청년은 영등포와 구로공단의 여공(남공)이 되었으며, 서울에서 섬까지 유흥가에 팔린 수십만의 아가씨들은 이미자의 〈흑산도 아가씨〉(1969)를 불러야 했다. 이 노래는 실제로 서울에서 섬으로 팔려 간 술집 아가씨들이 다시 서울로 돌아가고 싶다는 내용을 담았다고 작사자

정두수는 설명하고 있다.

그녀는 자전적 소설 「외딴방」(1995)에서 긴 한숨을 토하며 가난한 생활고와 힘겨운 싸움을 벌이는 자신의 인생 모습을 보여주었다.

세상을 바꿔보려는 다른 바람이 도시를 휩쓸고 있을 때, 어딘가에서는, 아니 나의 시골집에서는, 고등학교를 진학하지 못 한 열여섯의 소녀가 〈나, 어떡해〉를 듣고 있다. 무르익던 봄이 지나가고 여름이 오고 있다.

직업훈련원, 열여섯의 나는 오전 여섯 시에 기숙사에서 기상한다. 눈을 뜨면 간혹 우물 속에 빠트리고 온 쇠스랑이 생각난다. … 강사들은 한결같이 우리에게 산업역군이라는 말을 쓴다. 납땜질을 실습시키면서도 산업역군으로서, 라고 말한다.

나는 ", …" 이러한 '일단 멈춤'의 문체를 '신경숙 소설 문체'라고 명명하고 싶다. 강조와 망설임을 동시에 배태한 신경숙 문체는 어쩌면 80, 90년대의 혼란스러운 시대상을 머금은 '자아 정체성 분열'의 흔적이 아닌가 싶기도 하다. 그 시절 젊은이들의 사랑에는 애착의 갈등으로 어쩌지 못하는 심리학적 결함이 배어있다. 아픈 세월이었다. 어렵게 상경하여 야간반에서 공부하였지만, 그래도 어엿하게 서울예술대학 문창과에 진학하여 소설가로 성장한 신경숙의 성공신화는 동시대를 사는 젊은이들에게 깊은 감명을 주었다.

작가로 성공한 어느 날 신경숙은 야간에 운영되는 모교 영등포 여고에 초청 강연을 하러 가면서 아직도 야간이 있다는 사실에 놀랐다. 신경숙의 일화 중에 학창시절 선생님에 관한 이야기는 지금도 가끔 화제에 오르내린다. 반성문을 너무 잘 썼던 신경숙은 "그 실력이면 소설가를 하는 것이 좋겠다"라는 선생님의 말씀에 진로의 동기를 얻었다.

조세희의 「난장이가 쏘아올린 작은 공」(1978)을 필사하며 소설가의 꿈을 키우던 그녀는 졸업 후에도 선생님에게 자신의 작품이 나올 때마다 원고를 보냈다고 한다..

작가의 초기 작품 「풍금이 있던 자리」(문학과지성사, 1993)는 이루어질 수 없는 사랑에 빠진 한 여인이 연인에게 보내는 편지 형식으로 쓰인 작품이다. 「풍금이 있던 자리」는 불륜의 고통스러운 아픔과 극복의 과정을 담고 있다. 그 서두에는 재미있는 이야기가 인용되었다.

어느 동물원에서 있었던 일이다. 한 마리의 수컷 공작새가 아주 어려서부터 코끼리거북과 철망 담을 사이에 두고 살고 있었다.

228

그들은 서로 주고받는 언어가 다르고 몸집과 생김새들도 너무 달라서 쉽게 친해질 수 있는 사이가 아니었다. 어느덧 수공작새는 다 자라 짝짓기를 할 만큼 되었다. 암컷의 마음을 사로잡기 위해서는 그 멋진 날개를 펼쳐 보여야만 하는데 이 공작새는 암컷 앞에서 전혀 반응을 보이지 않았다. 그리고는 엉뚱하게 코끼리거북 앞에서 그 우아한 날갯짓을 했다. 이 수공작새는 한평생 코끼리거북을 상대로 이루어질 수 없는 사랑을 했다.

– 박시룡,「동물의 행동」중에서.

이루어질 수 없는 사랑과 불편한 애정 관계를 다룬 소설「풍금이 있던 자리」는, 독자들은 물론 대중매체와 평론가들의 찬사를 받았다. 코끼리거북을 사랑한 수 공작새의 이야기이기도 하다. 대학 졸업 후 방송국의 구성작가로 험한 일을 하며 고생하던 신경숙에게 이 소설은 신데렐라의 꿈을 가져다준 작품이 되었다. 아침에 눈을 뜨니 스타가 되어 있었다. 유명작가의 탄생이었다.

음악적이고 회화적인 서사의 세계

신경숙은 1985년「문예중앙」신인문학상에「겨울 우화」가 당선되어 작가 생활을 시작했다. 이후「풍금이 있던 자리」(1993),

「깊은 슬픔」(1994), 「외딴 방」(1995), 「오래전 집을 떠날 때」(1996), 「기차는 7시에 떠나네」(1999), 「딸기밭」(2000), 「리진」(2007), 「엄마를 부탁해」(2008) 등 다작을 저술했다. 2001년 문학평론가 이어령 이화여대 석좌교수는 제25회 이상문학상 수상 작품으로 선정된 신경숙의 「부석사」에 대해 '이어령다운' 평을 했다.

신경숙의 「부석사」는 음악적이고 회화적인 두 요소를 구사하여, 서사 예술의 차원을 한 단계 높여 준 수작이다. 음악적이라고 한 것은 시점 바꾸기(shifting point of view)의 대위법으로, 한 남녀의 이야기를 교차시켜 간 구성상의 특성이요, 회화적이라고 한 것은 '떠 있는 돌(浮石)'이라는 당착어적(撞着語的)인 인간관계의 미묘한 내면을 시각화한 설정을 두고 한 소리이다.

신경숙은 소설 부석사에서 주인공 남녀의 관계를 실과 바늘이 지나간 자리만큼 뜬 공간을 지닌 부석사 바위로 비유하여 설명하고 있다. 날은 어두워지고, 둘은 부석사 근처 어딘가에서 헤매고 차를 돌리려다 차가 진탕에 그만 빠져버리고 만다. 차에 내려서 살펴보니 바로 앞은 낭떠러지였다. 여자는 자신에게 P가 낭떠러지가 아니었을까 생각한다. 1월 1일 새해 벽두에, 이 늦은 시간에, 이 깊은 산골에서 둘은 뾰족한 방법이 없어 차 안에서 별을 보며 밤을 새운다. 온전히 맞닿지 못하고 틈이 있는 채로 분기점에 선 남녀의 얘기는 아찔하다. 이루어질 수 없는 사랑의 예감은 늘 '읽기'의 유인책으로 작용한다. 값싸 보일지라도 독자들은 어김없이 작가가 던진 낚싯바늘을 문다.

영주 부석사(浮石寺)의 무량수전을 떠받치고 있는 큰 바위에는 신라의 왕제(王弟) 의상대사가 구도의 길에서 만난 산동(山東)의 처녀 선묘 이야기가 담겨있다.

선묘는 의상이 머무는 산둥성 부둣가의 하숙집 여인이었다. 의상은 부처님의 법을 구하고자 했고, 선묘는 의상의 여인이 되고 싶어 했다. 의상이 신라를 향해 떠나는 날 새벽에 선묘는 이별의 슬픔을 가슴에 품은 채 바다에 투신했다. 죽어 용이 되어 의상을 따라간 것이다.

여인의 사랑을 가엾게 여긴 장인(匠人)들은 부석사의 큰 바위 밑에 선묘의 넋을 새겨 넣었다. 선묘는 부석(浮石)의 '틈'이 된 것이다. 이루어지기 힘든 남녀의 사랑에는 틈이 존재한다. 신경숙의 소설 부석사에서 전혀 무관한 선묘의 애틋한 사랑, 끝내 어쩌지 못하는 애틋함이 묻어나는 것은 우연일까.

신경숙은 소설 외딴방에서 날카로운 이데올로기의 한 단면을 선보였다. 한때 젊은 그녀도 역시 독재의 파시즘에 대한 경계와 동시에, 민주화의 물결에 대해 갈망하고 있었던 것이다.

231

"백기를 흔드는 주민들을 왜 쏘았지? 검찰은 광주 민중항쟁 관련 피고소 고발인 58명 전원에 불기소처분 결정을 내렸다. 검찰은 법원에 형사재판권을 청구하지 않겠다고 했다. 검찰의 5.18 문제에 대한 해법은 공소권 없음이다. 성공한 쿠데타는 처벌할 수 없음. 틈이 있을 적마다 문민정부를 말해왔던 그는, 야당의 길을 버리고 3당을 합칠 적에 호랑이를 잡으려면 호랑이 굴로 들어가야 한다고 비장하게 말했던 그는, 이제 5.18의 문제를 '역사의 평가'에 맡기고자 했다."

"우리나라 최고 지도자들의 의식 속엔 국민이란 졸개로 인식되어 있는 거지요. 졸개가 뭐 무섭겠습니까?"

신경숙의 날카로운 의식은 곳곳에서 나름 빛났었다. 2024년 12월, 대한민국 대통령 윤석열이 내란을 일으켜 온 국민을 공황 상태에 빠지게 만든 현재 시점에서, 그 옛날 5.18 광주민주화운동을 바라보았을 그녀의 마음을 생각한다. 그러나, 장편소설 「리진」(창비, 2007)에 이르러 신경숙의 작품 경향은 다소 변화를 보인다. 1990년대의 풍금소리 같은 정서는 차츰 증발하고, 반짝이는 기획출판의 구성체계가 펼쳐진다.

"작가는 19세기 말이라는 문제적 시대를 배경으로 조선의 궁정에서 프랑스 파리의 샹젤리제에 이르는 광대한 스케일의 여정을 따라가는 한편 밑바닥 서민층에서 귀족과 왕족, 상인과 지식인에 이르기까지 당대의 다양한 인간군상을 선보이고 있다."

-작가 소개, 창비

그러나 나는 고종황제의 대한제국을 배경으로 집필된 리진에서 다른 느낌을 받았다. 애기궁녀 출신의 궁중무희 '리진'이 프랑스 초대공사 콜랭과 사랑이 맺어지면서 그 관계를 국제정치로 가져간 '현명한 왕비' 즉, 민비의 업적과 찬양이 그려진 리진은 나처럼 민비를 혐오하는 사람에게는 참 읽히기 어려운 소설이다. 만약 지금이라도 작가 신경숙을 만나면 왜 그렇게 썼느냐고 묻고 싶은 대목이다.

「엄마를 부탁해」, 다시 한번!

제목 덕분일까? 잠시 슬럼프에 빠졌던 신경숙에게 「엄마를 부탁해」는 다시한번 부활의 노래를 부르게 했다. 「엄마를 부탁해」는 베스트셀러가 되었다. 신경숙의 유명세는 이로써 단단해졌다. 작품의 줄거리는 독자의 눈물샘을 자극했다.

저기, 내가 태어난 어두운 집 마루에 엄마가 앉아있네. 엄마가 얼굴을 들고 나를 보네. 내가 이 집에서 태어날 때 할머니가 꿈을 꾸었네. 누런 털이 빛나는 암소가 막 무릎을 펴고 기지개를 켜고 있다네. …엄마의 얼굴 슬픔으로 일그러지네. 저 얼굴은 내가 죽은 아이를 낳았을 때 장롱 거울에 비친 내 얼굴이네. 내 새끼. 엄마가 양팔을 벌리네. 엄마가 방금 죽은 아이를 품에 안듯이 나의 겨드랑이에 팔을 집어넣네. 내 발에서 파란 슬리퍼를 벗기고 나의 두발을 엄마의 무릎으로 끌어올리네. 엄마는 웃지 않네. 울지도 않네. 엄마는 알고 있었까? 나에게도 일평생 엄마가 필요했다는 것을.

- 줄거리 중

엄마의 실종, '잃다'와 '잊다'가 같은 말이었음을 뼈아프게 깨닫는다. 엄마를 '잃어버린지' 오래였다는 말은 엄마를 '잊은지' 오래였다는 말과 같은 말이어야 한다. 「엄마를 부탁해」는 그 잘못에 대한 처절한 고해성사다. 소설 속 '너'가 마침내 미켈란젤로의 피에타상과 만나고 그 앞에 무릎을 꿇는 게 어찌 우연일 수 있으랴. 이것은 죄와 구원을 둘러싼 아득한 심연, 그 심연을 사이에 둔 인류의 오랜 탄식의 이야기다.

- 평론가 정홍수

234

신경숙은 그러나, 2015년부터 본격적으로 심각한 표절 시비에 휘말린다. 「엄마를 부탁해」를 비롯하여 「우국」, 「딸기밭」, 「작별인사」 등 너무나 많은 작품이 온갖 표절 의혹으로 얼룩졌다. 그녀의 신화는 무너졌다. 2024년 12월, 대통령 윤석열의 불법 내란 비상계엄령에 대해 한강은 전 세계에 "무력 강압통제를 반대한다"고 선언했다. 1990년대에 함께 문학을 경쟁했던 신경숙의 목소리는 잘 들려오지 않는다. 신경숙의 이름은 문학의 전당에서 그냥 '흔적'으로 만져질 뿐이다. 가슴이 아프지만, 그녀를 잃은 것은 그녀를 잊은 것이다. 김충훈 작사 작곡의 대중가요 〈나 어떡해〉가 떠오르는 대목이다.

〈나 어떡해〉

나 어떡해 너 갑자기 가버리면
나 어떡해 너를 잃고 살아갈까?
나 어떡해 나를 두고 떠나가면
그건 안돼 정말 안돼 가지 마라
누구 몰래 다정했던 비밀 있었나?
다정했던 네가 상냥했던 네가
그럴 수 있나? ♪ ♬

못 믿겠어 떠난다는 그 말을

안 듣겠어! 안녕이란 그 말을

나 어떡해 나 어떡해 나 어떡해

나 어떡해 ♬ ♪

…아득한 1980, 90년대의 청춘을 살아내던 내 또래 젊은이들
은 지금쯤 어디에서 늙어가고 있을까? 눈발 날리는 겨울 창가에
비친 야학의 내 여학생들은 젊은 날 신경숙의 책을 읽으며 얼마
나 행복했을까? 그 시절 우리 청춘들의 '행복이', '사랑이', '기쁨
이'었던 작가 신경숙을 기억한다.

고마워요. 신경숙!!

《참고문헌》

단행본

김대유, 「행복한 삶의 온도」, 북그루, 2020

김대유, 「성 사랑의 길」, 시간여행, 2023

김훈, 「라면을 끓이며」, 문학동네, 2015

데이비스 색스: 박상현.이승연 옮김, 「아날로그의 반격」, 어크로스, 2017

루 안드레아스 살로메: 김상영 옮김, 「하얀 길 위의 릴케」, 모티브, 2003

루 안드레아스 살로메: 김정현 옮김, 「니체를 말하다〈니체의 작품으로 본 니체〉」, 책세상, 2021

미우라 아야코: 김윤옥 옮김, 「살며 생각하며」, 설우사, 2003

미우라 아야코: 최현 옮김, 「빙점」, 범우사. 2004

미우라 아야코: 정성국 옮김, 「길은 여기에」, 홍신문화사, 2011

무라카미 하루키: 양억관, 「노르웨이의 숲」, 민음사, 2013

박경리, 「토지」, 이룸, 2003

박경리, 「김약국의 딸들」, 마로니에북스, 2013

박완서, 「나목」, 세계사, 2011

박완서, 「서있는 여자」, 세계사, 2011

박완서, 「그 많던 싱아는 누가 다 먹었을까」, 세계사, 2011

박완서, 「한 말씀만 하소서」. 세계사, 개정판 2024

버지니아 울프: 오진숙 옮김, 「자기만의 방」, 솔, 2019

버지니아 울프: 진명희 옮김, 「출항」, 솔, 2019

버지니아 울프: 한국 버지니아 울프 학회 옮김, 「버지니아 울프 단편소설 전집」, 솔, 2019

버트런드 러셀: 이순희 옮김, 「사회평론」, 2005

베르나르 베르베르: 이세욱 옮김, 「개미」, 열린책들, 1991

서수경, 「영문학 스캔들」, 인서트, 2015

시몬느 드 보봐르: 선영사번역실, 「제2의 性」, 선영사, 1986

시몬느 드 보부아르: 이영선 옮김, 「자유로운 여자」, 산호, 1993

시몬느 드 보부아르: 이석봉 옮김, 「계약결혼」, 선영사, 2001

신경숙, 「리진」, 문학동네, 2007

신경숙, 「엄마를 부탁해」, 창비, 2009

신경숙, 「외딴방」, 문학동네, 2011

신경숙, 「풍금이 있던 자리」, 문학과 지성사, 2011

시오모나나미: 김석희 옮김, 「로마인 이야기(전15권)」, 한길사, 1993

시오노나나미: 이현진 옮김, 「남자들에게」, 한길사, 1995

시오노나나미: 이경덕 옮김, 「그리스인 이야기 1,2,3」 살림출판사, 2018

실비아 플라스: 김선형 옮김, 「실비아 플라스의 日記」, 문예출판사, 1966

실비아 플라스: 공경희 옮김, 「벨 자」, 마음산책, 2013

실비아 플라스: 박선아 옮김, 「낭비 없는 밤들〈실비아 플라스 작품집〉」, 마음산책, 2024

이문열, 「삼국지(평역)」, 민음사, 2017

이태준, 「황진이」, 온이퍼브, 2014

유발하라리: 조현욱 옮김, 「사피엔스」, 김영사, 2015

에쿠니 가오리&츠지히토나리: 김난주.양억관, 「냉정과 열정 사이」, 소담, 1995

에쿠니 가오리: 김난주 옮김, 「하느님의 보트」, 소담출판사, 2012

에쿠니가오리: 신유희 옮김, 「호텔 선인장」, 태일소담, 2013

요시모토 바나나: 김난주 옮김, 「암리타」, 민음사, 2005

요시모토 바나나: 김난주 옮김, 「아르헨티나 할머니」, 민음사, 2007

요시모토 바나나: 김난주 옮김, 「왕국 1,2,3」, 민음사, 2008

에밀리 디킨슨: 박서영 옮김, 「결핍으로 달콤하게(서간집)」, 민음사, 2023

에밀리 디킨슨「시 선집」: 조애리 옮김, 을유문화사, 2023

에리히 프롬: 황문수 옮김, 「사랑의 기술」, 문예출판사, 2004

장영희, 「영미시 산책」, 비채, 2006

조세희, 「난장이가 쏘아올린 작은 공」, 이성과 힘, 1978

조정래, 「태백산맥」, 한길사, 1989

전혜린, 「목마른 계절」, 여원, 1962

제인 오스틴: 이옥용 옮김, 「맨스필드 파크」, 범우사, 2003

제인 오스틴: 류경희 옮김, 「오만과 편견」, 문학동네, 2017

제임스 홀리스; 김현철 옮김, 「사랑의 조건」, 길벗, 2022

최인호, 「황진이」, 문학동네, 2002

한강, 「채식주의자」, 창비, 2007

한강, 「소년이 온다」, 창비, 2014

한강, 「작별하지 않는다」, 문학동네, 2021

허난설헌, 「그대 만나려고 물 너머로 연밥을 던졌다가〈허난설헌 시선집〉」, 편역: 나태주 ;
그림: 혜강, RHK (알에이치코리아), 2018

매체

최재천, 유튜브 〈최재천의 아마존〉, 2024.12

노컷 뉴스, 〈오월단체의 한강 노벨문학상 수상 인터뷰〉, 2024.12.11

교육플러스, 김대유, 〈시리즈, 성과 사랑〉, 2023

교육플러스, 김대유, 〈시리즈, 여류작가 이야기〉, 2024

KBS 1TV, 「낭독의 발견」, 2005

높고 쓸쓸한 영혼 여성 작가들

1판 1쇄 인쇄 | 2025년 3월 25일
1판 1쇄 발행 | 2025년 3월 31일

지은이 | 김대유
펴낸이 | 김경배
펴낸곳 | 시간여행
디자인 | 디자인[연:우]
등   록 | 제313-210-125호 (2010년 4월 28일)
주   소 | 경기도 고양시 덕양구 지도로 84, 5층 506호(토당동, 영빌딩)
전   화 | 070-4350-2269
이메일 | jisubala@hanmail.net

종   이 | 화인페이퍼
인   쇄 | 한영문화사

ISBN 979-11-90301-35-0 (03800)